패트릭 멜로즈 소설 5부작

PATRICK MELROSE NOVELS

일말의 희망

에드워드 세인트 오빈

공진호 옮김

현대문학

「패트릭 멜로즈 소설 5부작」에 쏟아진 찬사

멜로즈 시리즈는 신랄한 명문과 짜릿한 재미로 이루어진 영국 현대소설의 금자탑이다.

데이비드 섹스턴, 《이브닝 스탠더드》

소설 첫 줄부터 완전히 빠져들었다. 재치 있고 감동적인 소설이며 강렬한 사회 희극적 요소를 갖춘 작품이다. 나는 책을 덮고 울었다. 정말 예상치 못했던 그 이유가 무엇이었는지 누설할 생각은 전혀 없다.

안토니아 프레이저, 《선데이 텔레그래프》

놀랍도록 신랄한 재치. 저자의 문장이 지닌 활기, 즉 보석 세공과 같은 글의 조탁과 도덕적 확신은 등장인물들이 희구하는 치유를 상징한다. 그만큼 좋은 글은 그 자체가 건강함의 척도이다.

에드먼드 화이트, 《가디언》

헤로인 중독과 알코올 중독, 간통, 이외에도 '자멸'이란 말은 가장 가볍고 완곡한 표현일 정도로 파멸적인 다양한 행동의 파도를 넘나드는 항해, 그 출발점이 된 비참한 항구로 돌아가지 않으려고 필사적인 노력을 기울이는 선원의 항해도와 같은 소설, 이것이 바로 패트릭 멜로즈의 이야기다. 이 시대를 그리는 가장 통찰력 있는 소설, 세련되고 재미있는 소설이다. 놀랍다.

프랜신 프로즈, 《뉴욕 타임스》

에드워드 세인트 오빈은 당대 최고의 영국 소설가일 것이다.

앨런 홀링허스트

아름답고, 마음을 아프게 하면서도 웃기는 비극적인 소설이다.

마리엘라 프로스트루프, 《스카이 매거진》

세인트 오빈 소설의 가장 큰 기쁨은 세련되고 명료한 산문을 읽는 데 있다. 그것은 수학 공식과 마찬가지로 언어도 정확하고 아름다운 것은 반드시 진리를 가리킨다는 거의 초자연적인 느낌을 준다. 세인트 오빈 소설의 인물들은 비상한 표현력을 갖추었다. 그래서 그의 소설을 읽는 기쁨은 그들의 재치 있는 대화에 있다.

수지 페이, 《파이낸셜 타임스》

유머와 비애, 날카로운 비판, 고통, 기쁨뿐 아니라 이 모든 것을 연결하는 온갖 감정이 녹아 있는 멜로즈 소설들은 21세기가 낳은 걸작이다. 저자 세인트 오빈은 이 시대 최고의 문장가이다.

앨리스 세볼드

에드워드 세인트 오빈은 프루스트처럼 하나의 세계를 창조했다. 제정신이라면 아무도 그 세계에서 살고 싶지 않을 테지만 그곳은 실재하는 생생한 세계, 유쾌하고 위험하게 공허한 세계처럼 느껴진다. 소설의 장래성에 대한 확신이 흔들린다면 세인트 오빈을 바라보는 게 가장 좋을 것이다.

앨런 테일러, 《헤럴드》

이 비범한 소설을 구성하는 근본적인 계획은 끊임없이 탐구적인 자기 교정의 행위다. 이것은 이 소설의 긴박한 감정적 강도의 원천이며, 그 구성을 결정짓는 원칙이다. 뛰어난 사회 풍자적 요소가 있다고는 해도 이 시리즈는 현대의 방만한 희극적 소설보다는 고대의 압축적이고 의식적인 시극에 더 가깝다. 놀랍고 극적으로 재미있는 대하소설이다.

제임스 래스던, 《가디언》

오스카 와일드의 재치, 우드하우스의 명료함, 에벌린 워의 신랄한 풍자가 뭉친 만족스러운 소설이다.

제이디 스미스, 《하퍼스》

걸작이다. 에드워드 세인트 오빈은 엄청난 재능을 가진 작가다.

패트릭 맥그래스

아이러니가 아드레날린처럼 쏠고 지나간다. 패트릭은 이지력으로 자신의 곤경을 세련되고 명료하고 냉정하고 격언에 가까운 태도로 처리한다. 재치 있는 안식과 냉소적인 통찰, 문학적 재간으로 넘치는 소설이다.

피터 켐프, 《선데이 타임스》

세인트 오빈의 글이 가진 편안한 매력의 이면에는 맹렬하고 면밀한 지력이 있다. 인물 묘사에 동원되는 재치는 그것이 무의미한 귀족을 향하든 구제 불능의 마약 딜러를 향하든 감칠맛 나게 죽여준다. 세인트 오빈은 실의에 빠지고 지쳐 버린 사람들의 정신과 마음을 분석할 때 완벽한 정신과 의사처럼 힘차고 신중하고 창의적이다. 이야기를 자아내는 능력으로 말하자면 전체적으로나 부분적으로나 독자를 매료시키는 천부적 재능을 가지고 있다.

멜리사 캣술리스, 《타임스》

결국 패트릭에게, 그리고 저자인 세인트 오빈에게 위안을 주는 것은 언어다. 세인트 오빈의 멜로즈 소설들은 이제 중요한 대하소설로 간주될 만하다.

헨리 히칭스, 《타임스》

멜로즈 소설은 블랙 코미디의 요소를 지닌 걸작이다. 세인트 오빈의 문체는 힘차면서 경쾌하다. 비유의 정확성은 짜릿할 정도다. 세인트 오빈은 패트릭의 아들에 대한 이지적이고 다정다감한 사랑을 염두에 두고 소설을 썼다.

캐럴라인 무어, 《선데이 텔레그래프》

세인트 오빈은 감정의 혼돈과 고조된 감각의 혼란, 지적 노력의 위압적 모순을 강력하면서도 미묘하게 전달함으로써 치유에 가까운 짜릿한 효과를 창출한다.

프랜시스 윈덤, 《뉴욕 리뷰 오브 북스》

나이 먹은 사람이 어린 사람에게 가하는 잔인함에 대한 극도의 블랙 코미디. 증오에 차 있고 고통스러울 정도로 솔직하다. 나는 이 책을 읽고 지금까지 서평을 쓰며 경험해 보지 못한 영역에 눈을 뜨게 되었다. 걸작이다!

《타임스》

에드워드 세인트 오빈은 끔찍했던 어린 시절을 눈부시고 충격적인 작품으로 승화시켰다. 멜로즈 소설들은 훌륭한 풍자 문학이다.

《심리학 매거진》

세인트 오빈은 불행했던 인생을 그리는 자서전의 행상이 아니라 정말로 창의적인 작가다. 그렇기 때문에 세련되고 냉소적이며 종종 아주 웃기는 이 책은 이야기를 쓰게 만든 모든 상황을 초월한다. 세인트 오빈의 글을 읽는 것은 즐겁다. 그 글을 이루는 식견은 재미있는 만큼 강력하며 관대하기까지 하다.

《아이리시 인디펜던트》

나는 에드워드 세인트 오빈의 패트릭 멜로즈 소설들을 정말로 좋아한다. 독자들에게 그의 전작을 지금 당장 읽으라고 권하는 바이다.

데이비드 니콜스

기성세대의 죄악에 꺾인 사람들의 인생에 대한 인도적 고찰을 담은 책이다. 세인트 오빈은 영국 소설가의 백미이다.

《선데이 타임스》

앤서니 파월의 『세월이라는 음악의 춤A Dance to the Music of Time』이후 가장 예리하고 가장 훌륭한 소설이다. 세인트 오빈은 현대 상류 사회의 관습, 제자리를 잃은 감정의 고통과 행복에 대한 희망이라는 살얼음판을 딛고 춤을 춘다.

《사가 매거진》

세인트 오빈은 한 가족 전원을 현미경 아래 놓고, 고통스럽지만 피할 수 없는 복잡한 특징들을 드러내 보인다. 서사시적이면서 개인적이고, 처참하면서 코믹한 그의 소설은 모두 걸작이다.

매기 오패럴

어머니와 누나에게

일러두기

1. 본문의 주는 모두 옮긴이 주이다.
2. 본문의 고딕체와 굵은 서체는 원문의 이탤릭체와 대문자를 반영한 것이다.

I

패트릭은 잠에서 깼다. 꿈을 꾼 건 알겠는데, 무슨 꿈인지 도무지 기억나지 않았다. 의식의 가장자리 너머로 사라진 것이 무엇인지 떠올리려고 애를 쓸 때의 익숙한 아픔이 느껴졌다. 그러나 달리는 차가 일으킨 바람에 종잇조각이 날리는 걸 보고 차가 지나갔다는 것을 알듯이, 그는 꿈이 남긴 것으로 그 꿈을 추측할 수 있었다.

꿈속의 호숫가에서 무슨 일이 있었던 것 같은데 그 조각난 꿈의 잔상이 분명하지 않았다. 게다가 그것은 지난밤 조니 홀과 본 〈자에는 자로〉*의 내용과 뒤범벅이 되었다. 연출가는 버스

---

* 윌리엄 셰익스피어의 『자에는 자로Measure for Measure』에는 '자비'를 뜻하는 단어 mercy가 열일곱 번 나온다.

터미널을 배경으로 설정했다. 설정도 충격적이었지만, '자비'라는 말을 하룻밤에 그렇게 많이 들은 것에 비하면 아무것도 아니었다.

어쩌면 그의 모든 문제는 잘못된 어휘 선택 때문인지 모른다고 패트릭은 생각했다. 그러자 순간적인 흥분이 밀려와 침대보를 젖히고, 자리에서 일어날까 하는 마음이 들었다. 의처증 있는 남편이 아름다운 아내의 뒤를 그림자처럼 쫓아다니듯이, 그가 사는 세계에서는 '자선'이란 말이 '만찬', '단체', '무도회'와 같은 말에 항상 따라붙었다. '동정'이란 말은 아무도 거들떠보지도 않지만 '관용'이란 말은 짧은 징역형과 관련해서 항의의 형식으로 자주 등장했다. 그러나 그는 자기의 난점은 어휘의 문제보다 더 근본적이란 것을 잘 알고 있었다.

패트릭은 평생 동시에 두 곳에 있어야 할 필요 때문에 지쳤다. 몸 안에 있는 동시에 몸 밖에, 침대에 있는 동시에 커튼 봉에 있어야 했다. 한쪽 눈은 안대를 하고 다른 쪽 눈은 안대를 보았다. 의식 불명이 되어 관찰을 중단하려고 하면 의식 불명의 언저리를 관찰해서 어둠을 밝히지 않을 수 없었다. 모든 활동을 취소하지만 결국 의도했던 무관심은 마음이 싱숭생숭해져 손상을 입었다. 그런가 하면 동음이의어에 끌리다가도 그 모호함의 바이러스에 반발했다. 긴 문장을 반으로 갈라 그것을 '그러나'라는 단서를 축으로 삼아 연결해 보고 싶기도 했지만, 한편으론 확실한 기술로 긴 혀를 펴서 멀리 있는 파리를 잡는 도마뱀붙이처럼 긴 문장을 구사하는 솜씨를 발휘해 보고도 싶었다. 자기 파괴적 반어법을 피하고 직설적으로 말하고 싶었지만, 실제로는 반어법으로 전할 수 있는 것만을 말했다.

패트릭은 발을 빙 돌려 침대 밖으로 내려놓으며 생각을 이어 갔다. 오늘 밤에도 두 곳에 있어야 한다. 브리짓의 파티에 가고 싶기도 하고, 가고 싶지 **않기도** 하다. 보싱턴레인이라는 성을 가진 사람들과 저녁을 먹을 기분도 나지 않았다. 조니와 단둘이서 저녁을 먹을까 하고 전화를 걸었다가 신호가 떨어지자마자 그냥 끊었다. 차를 마신 다음에 다시 걸어 볼 생각이었다. 그런데 수화기를 내려놓기가 무섭게 전화벨이 울렸다. 치틀리에 오라고 초대했는데, 왜 가부간 응답을 하지 않느냐고 꾸짖는 니컬러스 프랫의 전화였다.

"오늘 밤 열리는 이 화려한 행사에 초대받게 해 주었다고 나한테 감사할 필요는 없어. 내가 너를 이런 행사에 발 담그게 하려고 이러는 건 다 돌아가신 너희 아버지 때문이니까."

"담근 정도가 아니라 머리까지 잠겼어요. 어쨌든 아저씨는 제가 다섯 살 때 브리짓을 라코스트에 데려왔으니 치틀리에 초대받을 길을 닦아 주신 셈이죠. 브리짓이 사교계의 정상에 군림할 운명이란 건 그때 이미 저도 알 수 있었죠."

"너는 너무 제멋대로라서 **그렇게** 중요한 건 알아차리지 못했을 텐데 그래. 언젠가 빅토리아 로드에 있는 집에서 네가 내 정강이를 제대로 걷어찬 일이 기억나는군. 나는 성스러운 자네 어머니에게 심려를 끼칠까 봐 아픈 걸 꾹 참고 절뚝거리며 복도를 지나갔지. 그나저나, 어머니는 어떻게 지내시나? 요즘 통 안 보이시네."

"참 놀라운 일이죠? 어머니가 세상에는 파티에 다니는 것보다 더 좋은 일이 있다고 생각하는 것 같으니 말이에요."

"난 언제나 너희 어머니가 좀 독특하다고 생각했지." 니컬러스는 현명하게 말했다.

"제가 알기론 어머니는 지금 주사기 1만 개의 위탁 화물을 싣고 직접 운전해서 폴란드로 가고 있어요. 사람들은 어머니가 대단히 훌륭한 일을 한다고 하지만, 저는 지금도 자선은 집에서부터라고 생각해요. 그 주사기들을 나한테 갖다 주면 그렇게 먼데까지 가는 수고를 덜 수 있을 텐데."

"난 네가 이제는 그 생활을 뒤로한 줄 알았는데."

"그게 뒤에 있는지 앞에 있는지, 여기 이 회색 지대에서는 구분이 잘 안 돼요."

"이제 나이 서른에 그런 식으로 말하다니, 상당히 감상적이구나."

"그게 말이죠," 패트릭은 한숨을 쉬었다. "모든 걸 끊긴 했는데, 그 대신 아무것도 새로 시작한 건 없어서요."

"그럼 내 딸아이를 치틀리에 데려가는 것부터 시작하려무나."

"그렇게는 못 할 것 같은데요. 저도 딴 사람 차를 얻어 타고 갈 거라서요." 거짓말이었다. 패트릭은 어맨다 프랫과 같이 있는 걸 견딜 수 없었다.

"그럼 할 수 없지. 아무튼 너는 보싱턴레인의 집에서 우리 애를 보게 될 거야. 너와 나는 파티에서 볼 거고."

패트릭이 치틀리에 가는 것을 꺼렸던 데는 여러 가지 이유가 있었다. 하나는 데비가 그곳에 있을 것이기 때문이었다. 그는 몇 년 동안 그의 인생에서 데비를 밀어내려고 애를 쓰다가 막상 느닷없이 일이 그의 뜻대로 되자 적잖이 당황했었다. 한편 데비는 오랫동안 계속된 그와의 연애 경험을 통틀어 사랑이 식은 것을 무엇보다 더 좋아하는 듯했다. 왜 안 그랬겠는가? 패트릭은 입밖에 내지 않은 사과의 말을 품고 마음 아파했다.

아버지가 죽고 8년이란 세월이 흘렀다. 청년기는 지나갔지만, 그 자리에 성숙의 흔적은 없었다. 슬픔과 탈진이 증오와 광기를 숨기는 경향을 '성숙'이라고 하지 않는 한은 그랬다. 많아지는 선택지와 두 갈래 길을 늘 마주한 듯한 느낌은 어느새 긴 실종 선박 목록을 보며 부둣가에 서 있는 것 같은 황량한 느낌으로 대체되었다. 여러 치료소를 거쳐 마약을 끊었지만, 문란한 성생활과 파티는 지휘관을 잃은 군대처럼 미적미적 행군을 계속했다. 낭비벽과 병원비 때문에 재산이 축소되긴 했어도 가난해지지는 않았다. 그렇다고 돈으로 따분한 생활에서 벗어날 수 있을 정도도 아니었다. 더구나 최근에 이르러서는 끔찍하게도 직업을 가져야 할지도 모른다는 것을 깨달았다. 패트릭은 변호사 공부를 하고 있었다. 가급적 많은 범죄자들의 대변인이 되어 그들을 자유롭게 해 주는 일로 다소간 기쁨을 찾으리라는 희망을 가졌다.

법을 공부하겠다는 결심을 하고 비디오 대여점에서 〈12인의 성난 남자들〉을 빌려다 보기까지 했다. 그러곤 며칠 동안 문밖출입을 하지 않고 방 안에서 서성거리며 일인극을 했다. 상대의 기를 꺾는 변론으로 증인들의 말을 뒤집는가 하면, 갑자기 가구에 몸을 기대고는 점점 더 커지는 경멸감을 드러내며 "본 변호인은 이렇게 지적하고 싶습니다. 그날 밤에……" 하고 주장을 펴다가 주춤하고는, 자기가 자신이 행하는 반대 신문의 피해자가 되어, 연극처럼 발작적으로 울음을 터뜨리며 쓰러지는 시늉을 하기도 했다. 패트릭은 『법의 개념』 『불법행위법』 『과실론』과 같은 책들을 사 보기도 했다. 그러나 이 법률 서적들은 『우상의 황혼』이나 『시시포스 신화』와 같은 오랜 애독서들과 그의 주의를 끄는 경쟁을 해야 했다.

패트릭은 2년 전 마약 기운이 떨어졌을 때, 항상 맑은 정신으로 있는다는 게 어떤 것인지 깨달았다. 그것은 중단 없는 의식의 연속이었고, 골수를 뽑아낸 뼈처럼 속이 빈, 흐릿한 백색의

터널 같은 것이었다. "죽고 싶다, 죽고 싶다, 죽고 싶다." 물 주전
자에 물을 끓이고 토스트를 굽는 것과 같은 지극히 일상적인 일
을 수행하는 가운데도, 회한의 산사태가 몰려오면 그는 자기도
모르게 그렇게 중얼거리곤 했다.

그런 가운데도 과거는, 방부 처리를 기다리는 시체처럼 패트
릭의 눈앞에 놓여 있었다. 잔혹한 악몽을 꾸다 잠을 깨는 나날
이었다. 다시 잠들기가 두려웠다. 그러면 땀에 젖은 이불보를 젖
히고 일어나 담배를 피우곤 했다. 그러다 보면 어느새 새벽빛이
독버섯 주름처럼, 더럽고 엷게, 하늘을 물들였다. 그의 에니스모
어 가든 아파트에는 난폭한 내용의 비디오테이프들이 널려 있
었다. 그의 머릿속에서 쉴 새 없이 돌아가는 폭력이 투영된 정
경이었다. 그는 늘 환각을 일으키기 직전의 상태에 처했다. 그
상태에서 발을 디디면 바닥이 목구멍처럼 부드럽게 굽이치는
듯한 느낌이 들었다.

무엇보다 안 좋았던 경험은, 마약을 끊으려는 몸부림이 점점
더 성공을 거둠에 따라 그 몸부림은 아버지처럼 되지 않으려는
몸부림을 위장한 것에 지나지 않는다는 사실을 알게 된 것이었
다. 사람은 누구나 자기가 사랑하는 것을 죽인다는 주장은, 자기
가 증오하는 그 대상이 될, 거의 확실한 가능성에 비하면, 터무
니없는 억측으로 생각되었다. 물론 세상에는 아무것도 증오하
지 않는 사람들이 있긴 하지만, 그런 사람들은 그와는 너무 다

르기 때문에, 그로서는 그들의 운명을 상상하기 어려웠다. 아버지에 대한 기억은 아직도 패트릭에게 최면을 걸었다. 그러면 그는 몽유병자처럼 그 기억에 이끌려 모방의 벼랑을 향해 갔다. 빈정거림과 우월 의식, 잔인과 배반은 그래도 그것을 낳은 공포보다는 덜 역겨운 듯했다. 공포를 경멸로 바꾸는 기계가 되는 것 외에 그가 무엇을 할 수 있었겠는가? 신경증의 에너지가 발하는 광선이 교도소 구내를 비추는 탐조등처럼 생각의 탈출이나 발언의 자유를 허용하지 않는데, 어떻게 경계를 늦출 수 있었겠는가?

색욕의 추구와 다른 육체에 대한 매혹, 오르가즘의 작은 황홀감. 이는 마약이 주는 물밀 듯한 황홀감보다 훨씬 약한데도 그보다 더 큰 수고를 들여야 얻을 수 있고, 마약 주사처럼 본질적으로 일시적 처방이라 끊임없이 반복된다. 이들은 모두 다분히 충동적이지만, 그로 인한 사회적 문제는 상당히 중요하다. 배반, 임신, 감염, 발각의 위험, 도둑질하는 쾌감, 여느 때 같으면 매우 따분할 수 있었을 상황에서 생기는 긴장 상태가 그것이다. 그리고 섹스는 언제나 더 자기만족에 빠진 사교계의 침투와 융합되었다. 패트릭은 어쩌면 그 사교계에서 안식을 얻을 수 있을지 모른다. 사교계는 문어처럼 끌어안는 마약의 친밀함과 안도감에 상당하는, 살아 숨 쉬는 무엇이었다.

패트릭이 담배를 집으려는데 전화벨이 다시 울렸다.

"그래, 잘 있었어?" 조니였다.

"난 또 논쟁적인 공상에 빠져 있었어. 나는 왜 지능은 전적으로 나 자신과 다툴 수 있음을 증명하는 것으로 이루어진다고 생각하는지 모르겠어. 가끔은 그 지능으로 무엇이든 이해할 수 있으면 좋겠는데 말이야."

"〈자에는 자로〉가 좀 논쟁적인 연극이긴 하지."

"그래. 난 결국 '심판받지 않으려거든 심판하지 말라'는 금언에 의거해 남을 용서해야 한다는 말을 이론적으로는 받아들이겠는데, 거기엔 전혀 감정적 권위가 없어. 적어도 이 연극에서는 말이야."

"맞아. 자신이 못되게 구는 게 남의 못된 행동을 용서하기에 충분히 합당한 사유라면, 모든 사람들이 관용을 질질 흘리고 다닐 거야."

"그런데, 충분히 합당한 사유란 게 뭐야?" 패트릭이 물었다.

"그건 나도 모르지. 난 살아갈수록 점점 더 세상일은 그냥 일어나거나, 그냥 일어나지 않는다고 확신해. 그 어느 쪽도 사람이 독촉해서 되는 건 별로 없어." 이것은 방금 즉흥적으로 생각한 것으로, 조니는 자기가 말하고도 확신은 전혀 없었다.

"때가 무르익었느냐의 문제지." 패트릭은 신음하듯 말했다.

"응, 맞아, 완전히 또 하나의 연극인 거지."

"아침에 자리에서 일어나기 전에, 그날 어떤 연극에 참여할 것인지 결정하는 게 중요해."

"오늘 밤 우리가 참여할 유희에 대해서는 아무도 들어 본 사람이 없는 것 같은데. 보싱턴레인이 누구야?"

"너도 초대받았어?" 패트릭이 물었다. "아무래도 우리는 고속 도로에서 차를 고장 내야겠어, 안 그래? 그리고 호텔에서 저녁을 먹는 거지. 약도 안 하면서 낯선 사람들과 어울리는 건 너무 힘들잖아."

패트릭과 조니. 그들은 이제 음식다운 음식과 탄산수를 먹고 살지만, 과거의 존재 양식에 대한 확고한 향수를 느꼈다.

"하지만 파티에 마약을 가져갔을 때는 결국 화장실을 본 기억밖에 안 남았지." 조니가 꼭 짚어 말했다.

"누가 아니래. 요즘도 화장실에 가면 '내가 여긴 뭐 하러 들어 왔지? 약을 끊었잖아!'라고 혼잣말을 하기도 해. 그리고 도로 확 뛰쳐나와서야 문득 내가 오줌 누러 들어갔었다는 걸 깨닫는 거야. 그건 그렇고, 너, 치틀리에 나랑 같이 갈래?"

"그래. 그런데 난 3시에 약물 중독자 갱생 모임에 가야 해."

"난 네가 그런 모임을 어떻게 배겨 내는지 모르겠어. 맨 기분 나쁜 사람들 판 아냐?"

"그건 그렇지만 사람 많은 실내가 어디는 안 그런가 뭐."

"하지만 적어도 오늘 밤 이 파티에는 하느님에 대한 믿음이 요구되지는 않지."

"요구되더라도 너라면 어떻게든 길을 찾을 텐데 뭐." 조니는 웃었다. "피곤한 건 뭐냐 하면, 예의 바른 행동의 찜통에 억지로 들어갔는데, 찜통을 칭송하라고 강요받는 거야."

"그 위선, 정말 우울하지 않냐?"

"다행히 그런 경우에 쓸 슬로건이 있지. '성공하려면 아는 체 하라.'"

패트릭은 구역질 소리를 냈다. "콜리지의 늙은 수부에게 결혼식 하객의 옷을 입히는 짝인데, 그런들 문제가 해결될까?"

"그 정도가 아니야. 콜리지의 늙은 선수들이 한군데 잔뜩 모여 자기들만의 파티를 열기로 한 것이라고나 할까."

"제기랄, 생각했던 것보다 더 참담하군."

"결혼식 하객의 옷을 입고 싶어 하는 건 바로 너잖아. 지난번에 중독의 고통에서 벗어나게 해 달라고 땅을 치며 몸부림칠 때, 헨리 제임스에 대한 그 말을 머릿속에서 떨쳐 버릴 수 없었다고 하지 않았어? '그는 상습적으로 외식하는 사람이어서, 1878년 겨울만 해도 150차례나 초대받은 사실을 인정했다'라고 했던가 한 말 말이야."

"흠." 패트릭이 말했다.

"어쨌거나, 약을 끊는 거 어렵지 않아?" 조니가 물었다.

"당연히 어렵지. 지긋지긋한 악몽이야." 패트릭은 치료에 반대하고 극기를 표방했기 때문에, 자기에게 지워진 압박을 과장해서 말할 기회를 흘려보낼 생각이 없었다.

"회색 지대에서 깨어나 숨을 쉬는 법도 잊어버리고, 내 발이 너무 멀리 있는 것 같을 때, 그 발이 있는 데까지 날아갈 비행기 표를 살 돈이 있는지 생각하는 상태가 되거나, 느리게 참수하는 장면을 담은 영화 테이프 릴을 끊임없이 돌리는 것 같은 상태가 되는 거야. 왕래하는 사람들이 내 무릎뼈를 훔쳐 가고 개들이 내 간을 두고 다투는데, 난 그걸 도로 찾고 싶어 하지. 내 내면의 생활을 영화로 만들면 세상 사람들은 차마 받아들이지 못할 거야. 아이 엄마들은 '차라리 〈텍사스 살인마〉*를 내놓아라, 그건 그래도 온 가족이 함께 볼 수 있는 괜찮은 영화였다!'라고 부르짖으며 악을 쓸 거야. 내게 일어난 모든 것을 잊어버릴지 모른다는 공포를 동반하는 그 모든 기쁨과 내가 본 모든 것들이 상실되겠지, 〈블레이드 러너〉**가 끝날 때 레플리컨트가 '빗속의 눈물처럼'이라고 말했듯이."

"어이구, 그러셔. 왜, 한번 제작을 추진해 보잖고?" 조니는 이미 패트릭에게서 그런 말들을 자주 들어 왔던 것이다.

"흥, 그럼 교만과 공포의 놀라운 조합이 되겠지." 패트릭은 그렇게 말하고 얼른 화제를 돌려 조니의 모임이 몇 시에 끝나는지 물었다. 그들은 5시에 패트릭의 아파트에서 만나 함께 출발하기

---

* 　〈The Texas Chainsaw Massacre〉, 1974년에 개봉된 토비 후퍼 감독의 미국 공포 영화.
** 　〈Blade Runner〉, 1982년에 개봉된 리들리 스콧 감독의 미국 공상과학 영화.

로 했다.

패트릭은 담배를 하나 더 꺼내 불을 붙였다. 조니와 이야기를 하고 나자 마음이 불안해졌다. 왜 '교만과 공포의 놀라운 조합' 어쩌고 그랬을까? 그는 아직도 어떤 것에든 열의가 있음을 보이는 건 촌스럽다고 생각하는 걸까? 조니와는 가장 친한 사이인데도? 예전에 말하던 습관의 재갈을 왜 새로운 감정에 물리는 걸까? 다른 사람들이 보기에는 안 그랬을지 몰라도, 패트릭은 자신에 대한 생각은 정말 그만하고 싶었다. 과거의 기억을 노천 채굴하듯 파내는 일, 성찰과 회상 속에 표류하는 일은 정말이지 멈추고 싶었다. 넓은 세상으로 나아가 무언가를 배우고 변화를 주고 싶었다. 무엇보다 부모가 되는 시시한 위장을 하지 않고서 어린아이의 상태에서 벗어나고 싶었다.

"부모가 된다는 게 굉장히 위험한 건 아니지만." 패트릭은 중얼거리며 마침내 침대에서 내려와 바지를 입었다. 체내에 사정할 때 "조심해, 나 피임 안 했어"라고 속삭이는 그런 여자들에게 끌리던 시절은 이제 거의 지난 일이 되었다. 패트릭은 그중 한 여자가 어느 낙태 시술 병원에 대해 열을 올리며 늘어놓은 말이 생각났다. "거기에 있는 동안은 아주 편안해. 안락한 침대에 맛난 음식이 있을 뿐 아니라, 딴 여자들에게 어떤 비밀이든 다 털어놓을 수 있거든. 다시 안 볼 사람들이라는 생각 때문이지. 심지어 수술할 때마저 상당히 가슴을 설레게 하는 뭔가가 있어.

그런데 정작 진짜 우울해지는 건 수술을 받은 뒤의 일이야."

패트릭은 재떨이에 담배를 문질러 끄고 부엌으로 갔다.

조니가 속한 모임을 공격할 것까진 없지 않았는가? 그건 그저 참회의 장소였다. 왜 사사건건 가혹하고 까다롭게 굴어야만 직성이 풀리는 걸까? 그러나 한편, 정말로 중요한 이야기를 하지 않을 거라면, 어디든 참회하러 간다는 게 무슨 소용이란 말인가? 패트릭은 지금까지 누구에게도 말하지 않았고 앞으로도 말하지 않을 이야기를 마음속에 품고 있었다.

2

니컬러스 프랫은 클레이본 뮤즈에 있는 집에서 잠옷 바람으로 현관에 떨어진 편지들을 집어 들고, 어기적어기적 침실로 돌아가며, 어떤 것이 '중요한' 초청장인지 파악하기 위해 봉투의 손글씨를 유심히 살펴보았다. 그의 몸은 예순여섯 살인데도 '오래 기다린' 회고록만큼이나 '잘 보존되었다.' 니컬러스는 '모든 사람'을 만났고, '놀라운 일화들을 축적'해 왔지만, 용감하게 분별의 손가락을 반쯤 연 입에 갖다 댔으며, 책을 쓴다는 소문이 널리 퍼졌음에도, 실제로는 쓰는 일을 시작도 하지 않았다. 니컬러스가 '큰 세상'이라고 부르는 곳에서는, 그의 이름을 알아볼 남녀 부자 2,000 내지 3,000명 가운데 자기들이 '니컬러스의 책'에서 어떻게 묘사될지 '생각하기조차 두렵다'고 걱정하는 소리가 드물지 않게 들렸다.

이제는 혼자 자는 침대에 털썩 몸을 던져 비스듬히 기대어, 뜯어 볼 만한 편지는 세 통뿐이라는 추측이 맞는지 확인해 보려는 찰나, 전화벨이 울렸다.

"여보세요." 하품이 섞여 나왔다.

"니-콜-라?" 쌀쌀맞은 여자 목소리가 니컬러스를 프랑스어처럼 발음했다. "자클린 드 알랑투르예요."

"Quel honneur^{이거 영광입니다}." 니컬러스가 형편없는 프랑스어 발음으로 헛웃음을 치며 말했다.

"안녕하세요? 다름이 아니라 자크와 내가 소니의 생일에 초대받아 치트-레이에 묵을 건데요, 니콜라 씨도 거기에 갈 거 같아서 전화했어요."

"당연히 갑니다." 니컬러스가 근엄하게 말했다. "사실 브리짓에게는 내가 사교계 성공의 수호성인이라 벌써 가 있어야 하는데 여태껏 이러고 있어요. 어쨌든 브리짓이 아직 젊고 싱글이었을 때, 당시만 해도 문자 그대로 beau monde^{사교계, 아름다운 사회}였던 **그곳**에 진출시켜 준 사람이 바로 나였죠. 브리짓은 이 니컬러스 아저씨에게 신세 진 것을 잊지 않고 있습니다."

"그분도 니콜라 씨 전 부인이에요?"

"말도 안 되는 소리." 니컬러스는 기분 상한 척하는 투로 말했다. "아무리 내가 결혼에 여섯 번 실패했기로서니, 없는 걸 만들어 보낼 것까지야."

"그건 그렇고요, 니콜라 씨, 제가 전화한 이유는 혹시 우리와 함께 가실까 해서예요. 운전사 딸린 대사관 차로 갈 겁니다. 우리와 같이 올라가면 더 재미있을 것 같은데, 안 그래요? 아니 올라가는 건가, 내려가는 건가? 영어 표현은 정말 힘들어요."

니컬러스는 프랑스 대사의 아내가 순전히 이타적인 생각에서 그러는 게 아니란 것 정도는 알 만큼 세상 물정에 밝았다. 대사 아내는 브리짓의 막역한 친구와 함께 치틀리에 도착하면 자기가 돋보일까 봐 차를 태워 주겠다는 것이었다. 또 니컬러스는 니컬러스대로 알랑투르 부부와 함께 도착하면 그 막역한 관계에 신선한 화려함을 보탤 수 있을 것 같았다.

"내려가든 올라가든, 부인과 함께 가게 돼서 아주 좋습니다."

소니 그레이브센드는 치틀리 집 서재에 앉아 무선 전화를 들고 익숙한 피터 폴록의 전화번호를 누르고 있었다. 오랜 세월 소니의 희미한 존재를 받쳐 준 재산과 사람의 신비로운 등식이 치틀리에서보다 더 열렬히 숭배되는 곳은 없었다. 조지 와트퍼드의 장남 피터는 소니가 농사나 섹스에 관한 실질적인 조언을 필요로 할 때 정말 신뢰하는 가장 친한 친구였다. 피터가 리치필드의 방대한 방들을 지나 가장 가까운 전화기가 있는 곳으로 갈 때까지 기다리며 소니는 편안히 뒤로 기댔다. 소니는 벽난로

위에 걸린 푸생의 그림을 쳐다보았다. 로빈 파커는 그게 진품인지 확인하기로 했는데, 시간이 꽤 흘렀는데도 답이 없었다. 그것은 백작 4세가 구입했을 때도 푸생의 그림이었고, 소니가 보는 한 여전히 푸생의 그림이었다. 그래도 '전문가의 견해'를 구할 필요는 있었다.

"소니?" 피터가 외쳤다.

"피터!" 소니가 덩달아 외쳤다. "또 이렇게 귀찮게 전화해서 미안하네."

"그 반대야, 이 사람아, 내 옛날 사감 선생이 입 벌리고 천장이나 바라보라고 내려보낸 게이 런던 바이커족 같은 애들한테 집을 구경시켜 주려는 참이었는데 자네 덕분에 살았어."

"늘 그렇게 노예처럼 일하는군. 우리네 사정이 그런데, 조간신문에 난 그 쓰레기 같은 기사들을 읽으면 더 짜증 나지. '대지 1만 에이커…… 초대 손님 500명…… 마거릿 공주…… 금년 최고의 파티.' 그런 걸 읽으면 사람들은 우리가 **굉장히** 부자인 줄 알 거야. 그런데 현실을 들여다보면, 소위 그 게이 런던 바이커족 같은 애들을 상대하는 자네보다 더 잘 아는 사람은 없겠지만, 우리도 집에 비가 새지 않게 하려고 노상 노예처럼 일한단 말이지."

"우리 소작인 하나가 요전에 내가 출연한 유명 텔레비전 쇼를 보고 뭐라고 했는지 알아?" 피터는 예의 그 표준 시골 억양을 가장해 말했다. "'어르신께서 텔레비전에 나오신 거 봤습니다. 그런데, 늘 그러시지만, 가난을 하소연하시더군요' 그러더라고. 건방지게시리!"

"그거 제법 웃긴데!"

"뭐, 그런데 사실은 좋은 사람이야. 그 집안은 300년 동안 대대로 우리 집 소작인이었지."

"우리 집 소작인들 중에도 그런 집이 몇 있지. 한 집은 20세대에 걸쳐 우리 소작인이었어."

"소작 조건을 생각하면 그러기 쉽지 않을 텐데, 창의적 기상들이 얼마나 부족하면 붙어 있겠나." 피터는 짓궂게 말했다.

두 사람은 껄껄 웃고, 유명 텔레비전 쇼에 출연할 때는 그런 종류의 말을 하면 안 될 것이라는 데 동의했다.

"사실은 신디 문제 때문에 전화했어." 소니가 진지하게 말했다. "물론 브리짓은 신디를 초대하지 않았네. 우리가 신디를 잘 모른다는 것이지. 하지만 오늘 아침에 데이비드 윈드폴과 전화를 했는데, 마침 데이비드의 아내가 아파서 못 오니까 나 대신 신디를 데리고 와 주겠다고 했네. 데이비드가 신중하게 처신했으면 좋겠는데 말이야."

"데이비드 윈드폴? 설마!"

"알아, 알아, 하지만 그냥 신디를 무척 만나고 싶은 척만 했어. 물론 유서 깊은 가옥협의회나 영국 농촌보존협회 따위의 모임은 모두 신디와 이불 속에서 몸부림치기 위한 구실일 뿐이라는 진짜 이유는 말하지 않았지."

"말하지 않았다니, 잘했네." 피터가 현명한 체 말했다.

"실은 말이야, 내가 굳이 자네한테 비밀을 지켜 달라고 할 필요가 없으니 말이네만, 실은, 신디가 임신했네."

"자네 애가 확실해?"

"의심할 여지가 없는 것 같아."

"신디가 그걸로 협박하고 있는가 보군." 피터가 의리를 보였다.

"아냐, 아냐, 아냐, 그런 건 절대 아니야." 소니는 약간 불쾌했다. "실은 말이야, 브리짓과 나는 한동안 '부부 관계'를 가지지 못했네. 브리짓 나이를 생각하면 애를 더 가지는 게 좋은 생각인지 잘 모르겠기도 해. 하지만 자네도 알다시피, 나는 정말 아들을 갖고 싶거든. 그래서 말인데, 만일 신디가 가진 아이가 아들이라면……" 소니는 피터가 어떤 반응을 보일지 확실치 않아 말꼬리를 흐렸다.

"저런! 하지만 그 아들이 상속을 받으려면 아이 엄마와 결혼해야 하잖은가. 그건 귀족에게 따르는 불이익이지." 피터는 귀족적인 냉철한 어조로 말했다.

"음. 이제 와서 브리짓을 버리면 사람들이 나를 이기적이라고 생각하리란 건 나도 알아. 물론 색욕의 열병을 앓는 걸로 비칠

것도 뻔하고. 하지만 나는 치틀리에 대한 책임이 있거든."

"하지만 비용을 생각하게." 피터는 이혼이 제때 이루어지지 않을 것이라고 크게 의심했다. "게다가 치틀리 주민들을 생각하면, 신디가 적절한 여자일까?"

"신디는 청량제 같을 거야." 소니는 산뜻하게 말했다. "그리고 자네도 알다시피 모든 건 신탁 관리되고 있어."

"다음 주에 우리 벅스에서 만나 점심이나 같이 먹어야겠는걸." 피터는 성형 수술을 권하는 의사 같은, 침착하고 위엄 있는 목소리로 말했다.

"좋은 생각이야. 이따 밤에 보세."

"기대가 커. 아, 참, 그나저나, 생일 축하하네."

키티 해로는 교외의 집 침대에 베개 여러 개를 등에 대고 누워 있었다. 킹 찰스 스패니얼 개들이 이불에 몸을 파묻고 있었다. 옆에는 약탈당한 아침 식사 쟁반이 지쳐 나가떨어진 애인처럼 방치되어 있었다. 상감 장식된 탁자에는 분홍색 새틴 전등갓 아래 서로 양립할 수 없는 약통들이 빽빽하게 놓여 있었다. 키티는 전화기에 손을 얹은 채 기대 있었다. 그녀는 매일 아침 11시부터 점심때까지 쉴 새 없이 전화기를 붙들고 있었다. 벼락출세한 많은 사내들이 돌진해서 기어오르려고 했던 하얀 절벽 같은 머리 스타일을 재건해 줄 미용사가 오기로 한 오늘 같은 날은 약속 시간인 12시 30분까지 전화를 붙잡고 있었다. 키티는 무릎에 펼쳐 놓은 빨간 가죽 장정의 커다란 주소록에서 로빈 파커의 이름을 발견하고, 그의 전화번호를 돌린 뒤 조바심하며 기다렸다.

"여보세요." 짜증 섞인 목소리였다.

"로빈." 키티는 요들을 하듯 이름을 불렀다. "아직도 안 오고 뭐 해? 브리짓이 아주 재수 없는 사람들을 나한테 떠맡겼는데, 내 유일한 우군인 자기는 아직도 런던에 있네."

"어젯밤 칵테일파티에 갔다가 그만." 로빈은 멋쩍게 웃었다.

"금요일 밤 런던에서 파티라니!" 키티는 항의했다. "그런 반사회적 행동이라니, 난생 별소리 다 듣겠네. 사람들이 잔인까진 아니더라도, 남을 배려할 줄 아는 마음들이 없어. 난 요즘엔 런던에 거의 안 가잖아." 키티는 진정한 비애감을 실어 덧붙였다. "그래서 주말이 오기만을 목이 빠지게 기다린단 말이야."

"내가 구조하러 가잖아. 5분 안에 패딩턴 역으로 가야 해."

"다행이야. 자기가 날 보호하러 여기 올 테니. 내가 간밤에 음란한 전화를 받았거든."

"또!" 로빈은 한숨을 쉬었다.

"정말 역겨운 암시를 주더라고. 그래서 전화를 끊기 전에 내가 '여보게, 젊은이, 내가 그러지도 않겠지만, 설령 그런 걸 허용해도 젊은이 얼굴을 알기 전에는 어림도 없다네!'라고 했지. 그랬더니 내가 저를 부추기는 줄 알았는지, 금방 다시 전화를 하더군. 난 밤에는 내가 직접 전화를 받잖아. 하인들한테 공평하지 않으니까."

"자기한테도 공평하지 않아." 로빈이 경고했다.

"그 고상한 체하는 교황들이 고대 조각상들 자지를 떼서 바티칸 지하실에 저장했다고 한 자기 얘기가 뇌리에서 떠나질 않아. **그것도** 음란 전화인지 모르지."

"그건 음란 전화가 아니라 미술사였지." 로빈은 킥킥 웃었다.

"내가 다른 집들에 얼마나 관심이 많은지 자기도 알잖아. 이제 그 집들 안에는 어떤 음침한 비밀이 도사리고 있을까 생각하면, 바티칸 지하실에 숨겨진 그 상자들이 떠오르는 건 어쩔 수 없단 말이야. 내 상상력이 오염됐어. 자기가 사람들에게 얼마나 큰 악영향을 끼치는지 알아?"

"그럼 오늘 밤에는 철저히 정숙한 말만 할게." 로빈이 위협적으로 말했다. "그런데 나 정말 지금 당장 역으로 가야 해."

"안녕." 키티는 달콤하게 속삭이듯 말했다. 그러나 계속 말하고 싶은 마음이 너무 절박한 나머지 음모를 꾸미는 듯한 목소리로 말을 이었다. "지난밤에 그나마 얼굴이 낯익은 조지 와트퍼드가 뭐라고 했는지 알아? 자기 주소록에 있는 사람들 4분의 3이 죽었다고 했어. 그래서 내가 그렇게 우울하게 생각하지 말라고 했지. 어쨌든 나이가 여든을 훌쩍 넘긴 사람에게는 지극히 자연스러운 일이니까."

"있잖아, 나 기차 놓치게 생겼어."

"난 기차 타러 가기 전에 극도로 초조해지는 증상이 있었는데, 의사가 처방해 준 약을 먹고 마법처럼 괜찮아졌어. 그래서 이제는 기차를 느긋하게 타지." 키티는 자상하게 알려 주었다.

"그런데 난 달려가게 생겼어." 로빈은 비명을 지르듯 말했다.

"그럼 안녕. 더 붙들지 않을게. 얼른 가, 얼른."

로라 브롤리는 자신의 존재가 고독에 위협당하는 느낌이 들었다. 머릿속은 패트릭 멜로즈와 한 주 내내 정사를 가질 때 말한 것처럼 '말 그대로 백지'가 되었다. 5분 동안 전화를 하지 않거나 혼자 있을 때, 거울 앞에 앉아 화장이라도 하지 않으면, 그 시간은 견딜 수 없이 말 그대로 백지 같았다.

로라는 패트릭의 변절을 극복하는 데 많은 시간이 걸렸다. 그를 특별히 사랑했다거나 해서 그런 건 아니었다. 누군가를 이용하는 동안 그 사람을 좋아할 수 있다는 생각은 해 본 적이 없었다. 그런 마당에 다 이용해 먹고 나서 새삼 그 사람을 좋아한다는 건 분명 바보 같은 일일 것이다. 그렇다고 애인을 새로 만든다는 건 정말 **따분한 일**이었다. 로라가 기혼이라는 것을 알면 김새는 사람들도 있지만, 로라의 관점에서 그런 건 아무런 장애가 되지 않는다는 것을 알고 나면 그들은 생각이 달라졌다. 로라는 앵거스 브롤리의 아내다. 앵거스는 옛 스코틀랜드 관습에 따라 스스로를 '브롤리 족장'이라고 칭할 권리가 있었다. 로라도 마찬가지로 스스로를 '브롤리 마님'이라고 칭할 수 있었지만, 그 권리를 행사하는 일은 거의 없었다.

결국 애인 없이 꼬박 2주를 보낸 뒤, 패트릭의 제일 친한 친구인 조니 홀을 겨우 유혹했다. 조니는 패트릭만큼 쓸모 있지는 않았다. 낮에 일하기 때문이었는데, 그래도 저널리스트로서 '집에서 기사를 써도 되는' 경우가 많았다. 그럴 때는 두 사람이 하루 종일 침대에서 함께 지낼 수 있었다.

로라는 미묘한 질문을 통해 조니가 아직 패트릭과 자기의 관계를 모른다는 것을 확인했다. 그리고 조니에게는 자기와 관계를 가지고 있다는 사실을 비밀로 하겠다는 맹세를 받았다. 로라는 패트릭의 침묵에 모욕감을 느껴야 할지 알 수 없었으나, 언제든 가장 큰 혼란을 초래할 수 있을 때, 패트릭에게 조니와 관계를 가지고 있다고 알려 줄 생각이었다. 로라는 패트릭이 그녀의 인격에 의구심을 가지고 있더라도, 그에게 자기가 여전히 섹시하게 보인다는 것을 알고 있었다.

전화벨이 울리자 로라는 머리를 들고 몸을 틀어 침대 반대편으로 손을 뻗었다.

"받지 마." 조니가 신음하듯 말했다. 그러나 그는 앞서 패트릭과 이야기하기 위해 방에서 나갔다 왔기 때문에 자기가 약자의 위치에 있다는 것을 알았다. 그는 담배에 불을 붙였다.

로라는 그를 보면서 머리를 귀 뒤로 쓸어 넘기고 혀를 쑥 내밀더니 수화기를 들었다. "여보세요." 갑자기 진지한 목소리였다.

"안녕."

"차이나! 야, 정말, 파티 **아주** 근사했어." 로라는 숨 가쁘게 말했다. 엄지와 집게손가락으로 코를 잡고 천장을 쳐다보았다. 이미 조니와 그 파티를 해부하고 얼마나 형편없었는지 이야기한 뒤였다.

"정말 성공적이었다고 생각해?" 차이나는 회의적으로 물었다.

"물론이지, 모두들 좋아하던걸." 로라는 조니를 바라보고 씩 웃었다.

"하지만 모두 아래층에서 꼼짝 못 했잖아. 난 정말 그게 너무 싫었어." 차이나는 징징거렸다.

"누구나 자신이 여는 파티는 항상 싫어하기 마련이야." 로라는 하품이 나오는 것을 참고 몸을 돌려 드러누우면서 동정해 주었다.

"하지만 너는 좋았다는 거 정말이라고 약속해." 차이나는 애원했다.

"그래, 약속할게." 로라는 검지와 중지를 엇걸고, 다리를 꼰 뒤, 눈을 모들뜨며 말했다. 그리고 갑자기 소리 죽여 킥킥 웃으며 두 발을 높이 쳐들고 몸을 요동쳤다.

조니는 어린애 같은 로라를 보며 놀라워하는 한편, 자신을 조롱의 공모자로 만든 상황을 은근히 경멸했지만, 로라의 알몸 곡선을 보자 황홀해졌다. 엉치뼈 안쪽 사면에 있는 작은 점, 팔뚝에 놀랍도록 빽빽이 난 금빛 털, 높게 솟은 창백한 발등을 보며, 조니는 자기가 왜 로라에게 집착하는지 그 수수께끼 같은 현상을 설명해 줄 요소를 찾아보았다. 그러나 그런 사실을 확인하기만 할 뿐 다시 제자리였다.

"옆에 앵거스 있어?" 차이나가 한숨을 쉬며 말했다.

"아니, 그이는 스코틀랜드에서 곧장 파티에 갈 거야. 내가 첼트넘에서 픽업하기로 했어. 완전 짜증 나, 첼트넘에서 내려 택시를 타면 될 텐데 말이야."

"절약, 절약, 절약." 차이나가 말했다.

"이론상으론 아주 훌륭해 보였는데 막상 겪어 보니, 주말 당일 왕복 할인 표를 사서 갔다가 집에 올 때 그걸 마저 쓰지 못하면, 그 부분에 대해 환불받을 수 있을까 하는 유치한 문제에 너무 집착하지 뭐야. 그러니까 돈을 펑펑 쓰는 애인을 찾게 되잖아." 로라는 구부려 꼬고 있던 한쪽 다리를 풀어 옆으로 털썩 내렸다.

조니는 담배 한 모금을 길게 빨고는 로라를 보고 웃었다.

차이나는 조금 머뭇거리더니, 파티에 대한 로라의 칭찬이 사탕발림이었을지 모른다는 의심이 일자 불쑥 딴생각이 들었다.

"너하고 패트릭 멜로즈가 그렇고 그렇다는 소문이 돌더라."

"패트릭 멜로즈?" 로라는 그게 죽을병의 병명이기라도 한 듯 말했다. "그럴 리가!" 그러고는 눈썹을 치키고 조니를 바라보더니, 송화구를 막고 그에게 속삭였다. "나와 패트릭이 그렇고 그런 사이라고들 하는 모양이야."

조니는 한쪽 눈썹을 치키고 담배를 비벼 껐다.

"도대체 누가 그런 말을 해?" 로라가 차이나에게 물었다.

"누군지 말하면 안 되는데. 알렉산더 폴리츠키라는 사람이 그랬어."

"그런 사람, 난 알지도 못하는데."

"근데 그 사람은 널 안다고 하던걸."

"정말 눈물겹군. 너한테 접근하려고 네 친구들에 대해 다 아는 체하는 거야." 로라가 말했다. 조니는 로라 앞에서 무릎을 꿇고 다리를 잡아 천천히 양쪽으로 벌렸다.

"자기가 알리 몬터규한테 들었다던데." 차이나는 우겼다.

로라는 돌연 표 나게 숨을 들이쉬었다. "어머! 그러니까 거짓말이지." 그리고 한숨을 쉬었다. "어쨌거나 난 패트릭 멜로즈한텐 끌리지도 않아." 로라는 조니의 팔을 손톱이 박힐 정도로 꽉 움켜쥐며 덧붙였다.

"그래, 그렇다면 뭐, 네가 바람을 피우는지 뭘 하는지, 나보다야 네가 더 잘 알겠지." 차이나는 결론지었다. "그게 사실이 아니라니 다행이야. 난 개인적으로 패트릭은 아주 음흉한 사람이라고 생각하거든……"

로라는 조니에게 들리도록 전화를 높이 쳐들었다. 차이나는 계속해서 말했다. "난 패트릭이 데비한테 한 짓을 참을 수가 없어."

로라는 전화를 도로 귀에 갖다 댔다. "부끄러운 짓이었어, 그치?" 로라는 조니를 보고 씩 웃으며 말했다. 그는 몸을 낮춰 로라의 목을 깨물었다. "그런데 너, 파티에 누구랑 가?" 로라는 차이나가 혼자 갈 줄 알면서 물었다.

"혼자 가. 하지만 거기에 모건 밸런타인이란 사람이 올 거야, 내가 찍은 사람이거든." 차이나는 그의 이름을 설득력 없는 미국식으로 발음했다. "얼마 전에 2억 4천만 달러와 굉장한 총기 컬렉션을 상속받았대." 차이나는 아무것도 아닌 듯이 말했다. "그런데 말이야, 사실 중요한 건 그게 아니고, 그 사람 **아주** 귀여워."

"그 사람 재산이 2억 4천만 달러인지는 모르지만, 그 돈을 쓴대?" 로라는 그런 숫자가 얼마나 사람을 현혹하는지 쓰라린 경험을 했기 때문에 물었다. "이건 현실적인 물음이야." 조금 전만 해도 숨 막힐 듯했던 애무를 간단히 무시하고 몸을 돌려 한쪽 팔꿈치로 받쳤다. 조니는 하던 짓을 멈추고 고개를 기울였다. 절반은 호기심에서, 절반은 색욕의 수고는 그런 막대한 돈에 대한 언급과 경쟁할 수 없다는 사실을 감추기 위해서였다.

"저번에 좀 불길한 말을 하긴 했어." 차이나는 시인했다.

"무슨 말?" 로라가 열의를 보였다.

"응, 그 사람이 '나는 너무 부자라서 돈을 빌려줄 수 없어'라고 했어. 자기 친구가 파산했대나 어쨌대나 하면서."

"그 사람과 가까이 하지 마." 로라는 각별히 심각한 목소리로 말했다. "앵거스가 하는 말이 바로 그런 거야. 처음엔 전용기를 타고 다니는 생활을 할 줄 알았는데, 나중에 보니까 음식점에서 남은 음식을 싸 달라고 하거나, 여자한테 집에서 요리를 해 달라는 암시를 주는 거지. 그럼 완전 악몽이야."

"아, 그 말 하니까 생각난다." 차이나는 그렇게 많은 정보를 입 밖에 낸 것에 은근히 약이 올랐다. "어젯밤 너 간 다음에 재미있는 게임을 했는데, 모두 한 가지씩 다른 사람이 좀처럼 말하지 않을 걸 생각해 내는 거였어. 그런데 누가 앵거스에 대해서는 이러더라, '바닷가재 정말 안 먹을 거야?'라고."

"하나도 안 웃겨." 로라는 건조하게 말했다.

"그건 그렇고, 너 잠은 어디서 자?" 차이나가 물었다.

"보싱턴레인이라는 사람 집에서."

"나도! 너 가는 길에 나도 태워 줄래?"

"물론이지. 그럼 일단 12시 30분쯤에 이리 와서 함께 점심 먹으러 가자."

"좋았어. 그럼 이따 봐."

"안녕." 로라는 간드러지게 말하고 전화를 끊었다. "멍청한 년!"

신디 주변에는 평생 남자들이 들끓었다. 그들은 걸리버 여행기에서 노끈 뭉치를 가진 소인국 사람들처럼 왜소한 자기들 인생을 파탄 내지 못하게 신디를 묶어 놓으려고 했다. 그런데 신디는 이제 자발적으로 스스로를 속박할 생각이었다.

"여보세요?" 신디는 부드러운 캘리포니아 억양으로 기분 좋게 말했다. "데이비드 윈드폴 씨 계세요?"

"전데요." 데이비드가 말했다.

"안녕하세요, 저는 신디 스미스예요. 소니가 오늘 밤 파티에 대해 말했을 텐데요."

"물론입니다." 데이비드는 평소보다 더 붉은 산딸기 색으로 얼굴이 상기되었다.

"소니 부부가 보낸 초청장은 받으셨겠죠. 저는 그게 없거든요." 상대의 마음을 누그러뜨리는 솔직한 말씨였다.

"단단히 보관해 두었습니다. 조심해서 손해 볼 건 없죠."

"그렇죠, 소중한 거니까요."

"신디 씨가 내 아내인 척해야 하는 건 알죠?"

"얼마나 친밀해야 하죠?"

데이비드는 가볍게 떨면서 땀을 흘리며, 동시에 얼굴이 새빨개져서, 주위에 잘 알려진 무뚝뚝한 태도 뒤로 숨었다. "경비를 통과할 때까지만요."

"말씀하시는 대로 하죠. 운전대를 잡으셨으니까요." 신디가 온순하게 대답했다.

"우리 어디서 만날까요?"

"저는 리틀 소딩턴 하우스 호텔에 스위트룸을 잡았어요. 그거 글로스터셔에 있는 거 맞죠?"

"네, 그럴 겁니다, 호텔이 이전하지 않았다면." 데이비드는 의도했던 것보다 더 과장되게 말했다.

신디는 킥킥 웃었다. "데이비드 씨가 그렇게 웃기는 사람이란 얘기는 못 들었어요. 제가 묵을 호텔에서 괜찮으시면 우리 함께 저녁이나 먹어요."

"좋아요." 그렇잖아도 데이비드는 브리짓이 부른 디너파티에 빠질 궁리를 하던 참이었다. "8시쯤 어때요?"

톰 찰스는 교외로 그를 태워다 줄 택시를 불렀다. 그것은 낭비였지만 섣불리 여행 가방을 들고 기차로 여행하기에는 너무 늦었다. 그는 늘 그렇듯 클래리지스 호텔에 묵었다. 이 호텔을 좋아하는 이유 중 하나는 장작불이었다. 차와 자몽 주스로 이루어진 소박한 아침 식사를 마치는 동안 벽난로에서 타고 있던 밝은 불이 약해졌다.

톰은 IMF에 다닐 때 알게 된 오랜 친구 해럴드 그린의 집에 가는 길이었다. 해럴드가 이웃 생일 파티에 함께 갈 테니 야회복 재킷을 가져오라고 했다. 톰은 그 이웃에 대한 기본 정보를 들었지만 기억하는 것이라곤 '배경'은 굉장하지만 앞에 내세울 것은 별로 없는 종류의 영국인이라는 것이었다. 그런 '배경'을 가진 부류에게 지나치게 감명을 받는 사람을 그들은 '지저깨비 같다'고 부르지만 사실상 뒷공론과 술, 불의의 성관계에 허비한 인생을 뒤돌아보는 것보다 더 '지저깨비 같다'는 느낌을 주는 것은 없었다.

해럴드는 전혀 그렇지 않았다. 그는 거물이었다. 고마워하는 전직 대통령들과 호의적인 상원 의원들에게 매년 크리스마스카드를 받았다. 그건 톰도 마찬가지였다. 그러나 비가 많이 오는 이 섬나라에 사는 다른 모든 사람들처럼 해럴드는 '배경'을 가진 부류를 너무 좋아했다.

톰은 앤 아이즌에게 전화를 걸려고 수화기를 들었다. 오랜 친구인 앤과 같은 차를 타고 해럴드의 집에 갈 시간을 고대했다. 그러나 먼저 몇 시까지 그녀에게 택시를 보내야 할지 알아야 했다. 전화를 걸었는데 통화 중이었다. 톰은 경쾌하게 전화를 끊고, 아침 식사와 함께 주문해 받은 영국 신문과 미국 신문을 읽기 시작했다.

3

브리짓은 토니 파울스를 가리켜 색상과 직물에 관해서라면 '완전한 천재'라고 했다. 토니가 자기는 "현재 은회색에 반했다"고 고백하자 브리짓은 천막 내부를 회색으로 하기로 했다. 처음에는 그 대담한 발상에 불안한 마음이 들었지만, 토니가 "프랑스 대사의 부인 자클린 드 알랑투르는 너무 관습적이어서 사실 언제나 **옳지** 않다"고 하자 그 불안감은 싹 해소되었다.

브리짓은 부적절하지 않으면서 얼마나 멀리까지 규범에서 벗어날 수 있을까 생각했다. 토니는 바로 이 애매한 영역에서 브리짓의 길잡이가 되었다. 브리짓은 담배에 불을 붙이는 것조차 혼자 할 수 없을 정도로 날이 갈수록 더 그에게 의존했다. 그래서 저녁 만찬에도 토니를 옆에 두고 싶었는데, 그것 때문에 소니와 이미 말다툼을 했다.

"그 끔찍한 종자를 파티에 부르는 것만도 그런데, 당신 옆에 앉히기까지 하다니. 마거릿 공주가 온다는 걸 다시 상기시켜 주지 않아도 되겠지. 파티에 올 남자들 모두가 그…… 그 청딱따구리 같은 작자보다는 더 당신 옆자리에 앉을 자격이 있는 사람들이야." 소니는 '그 청딱따구리'라는 말을 내뱉을 때 씩씩거렸다.

그런데, 청딱따구리가 뭐지? 그게 무엇이든 토니는 브리짓에게는 전문가요 궁중의 어릿광대 같은 존재인데, 그런 말은 공평하지 않았다. 토니는 정말 재미있는 사람이었다. 리마에서 일어난 빵 폭동 때 직물 몇 필을 들고 길거리를 뛰어다녔다는 이야기를 들으면 그야말로 포복절도할 정도였다. 사람들은 그런 그가 현명하기도 하다는 것을 모르는 듯했다.

그런데 토니는 어디 있는 거지? 11시까지 오기로 했는데. 그를 좋아할 이유는 많지만, 시간을 엄수하지 못하는 것은 해당되지 않았다. 브리짓은 은회색 벨벳을 댄 황량한 천막 안을 쓱 훑어보았다. 토니가 없어서 자신감이 흔들렸다. 천막 한쪽 끝에는 하얗게 장식된 무대가 흉하게 자리를 차지하고 있었다. 미국에서 불러 온 40인 밴드가 소니를 위해 그가 좋아하는 '전통 뉴올리언스재즈 음악'을 연주할 예정이었다. 모퉁이마다 산업용 난방기를 설치하고 소음이 크게 울릴 정도로 켜 놓았지만, 공기는 여전히 손이 시릴 정도로 차가웠다.

"물론 내 생일이 우울하고 칙칙한 2월이 아니라 6월이었으면 좋았겠지만, 사람이 자기가 태어나는 날을 선택할 수는 없으니 어쩌겠어." 소니는 그렇게 말하기를 좋아했다.

자기가 태어난 날을 계획하지 못한 충격 때문인지, 소니는 그 외의 모든 것을 계획하려는 광적인 욕구를 지녔다. 브리짓은 '깜짝 놀랄 것'이라며 소니를 천막에 접근하지 못하게 했지만, 그 말은 그에게 거의 '테러 행위'와 같은 것으로 여겨졌기 때문에, 브리짓은 그를 막는 데 실패했다. 한편 브리짓은 벨벳에 들어간 놀라운 비용을 겨우 비밀로 했다. 돈이 썩을 정도로 많은 한 상류층 여자가 마치 사람들이 임종할 때 내는 가래 끓는 것 같은 소리로 웃으며 알려 준 금액이었다. 그 여자는 "4만 파운드에 공포가 포함돼"라고 했다. 브리짓은 처음엔 그 '공포'란 게 실내 장식과 관련된 용어인 줄 알았는데, 나중에 토니를 통해 알고 보니 '공포의 부가가치세'를 말하는 것이었다.

또한 토니는 은은한 회색 바탕에 주황색 나리꽃으로 화려한 색감을 더해 줄 것이라고 했다. 그런데 브리짓은 체크무늬의 청색 오버올을 입은 여자들이 분주히 꽃 장식 하는 것을 보면서, 꽃들이 잿더미에 묻혀 꺼져 가는 깜부기불 같다는 생각을 하지 않을 수 없었다.

이 이단적인 생각이 고개를 쳐든 순간, 토니가 소리 없이 천막으로 들어왔다. 갈색과 회색, 포도색이 어우러진 헐렁한 스웨터에 멋지게 다린 청바지를 입고, 흰 양말에 의외로 굽이 높은 갈색 모카신을 신었다. 스웨터 때문에 목이 근질근질했는지, 아니면 그렇다는 생각이 들었는지, 하얀 실크 스카프를 둘렀다.

"미안해요." 토니는 가슴에 손을 얹고 애처로운 인상을 쓰며 죽는 소리를 했다. "감기인지 뭔지 걸린 거 같아요."

"아이, 저런. 오늘 밤 행사가 있는데, 너무 아프지 말아야 할 텐데."

"생명 연장 기구가 달린 휠체어를 타는 한이 있어도 절대로 빠지지 않을 겁니다. 예술가는 자기가 창조한 것 바깥에서 손톱이나 깎아야 한다는 걸 알지만," 토니는 짐짓 무관심한 척하며 눈을 내리깔고 자기 손톱을 보았다. "저는 제가 창조한 게 사람들로 채워지는 걸 보지 않으면 그것을 완성했다는 기분이 안 들어요."

토니는 말을 멈추고 최면을 걸듯이 강렬하게 브리짓을 응시했다. 마치 황후에게 최신 명안을 알려 주려는 라스푸틴처럼.

"그건 그렇고, 지금 무슨 생각을 하시는지 압니다." 그는 브리짓을 안심시켰다. "색이 충분하지 않아! 라는 거죠?"

브리짓은 탐조등에 심중을 들킨 기분이었다. "꽃으로 분위기가 바뀔 줄 알았는데 생각과는 다르네." 브리짓은 심중을 털어 놓았다.

"그래서 가져온 게 있어요." 토니는 얌전히 신호를 기다리고 있던 조수들을 가리켰다. 그들 옆에는 커다란 판지 상자들이 놓여 있었다.

"저게 뭔데?" 브리짓은 불안해서 물었다.

조수들이 상자를 열기 시작했다. "천막을 생각하니까 버팀목이 생각났고, 그러니까 리본이 생각났어요." 토니는 항상 창의적 과정을 설명하려 들었다. "그래서 특별히 이걸 만들었죠. 영국군 연대의 깃발 색으로 된 줄무늬와 5월 축제 기둥 리본을 합한 테마로 할 겁니다." 그는 더 이상 흥분을 감추지 못했다. "은회색 질감에 대비되어 굉장히 멋질 거예요."

브리짓은 그 '특별히 만들었다'는 말은 굉장히 비싸다는 뜻임을 알고 있었다. "줄무늬 넥타이 같아 보이는데." 브리짓은 상자 속을 들여다보며 말했다.

"맞아요." 토니는 의기양양했다. "소니가 멋진 초록색과 주황색으로 된 줄무늬 넥타이를 맨 걸 봤어요. 영국군 연대 깃발 색 줄무늬 넥타이라고 하더군요. 그걸 보고 나는 생각했죠, 바로 그거야, 라고." 토니는 이번에는 위에서 바깥쪽을 향해 손으로 대각선을 그었다.

발레 동작 같은 우아한 몸짓은 브리짓이 다른 선택의 여지가 없다고 깨닫게 하기에 충분했다.

"멋있을 것같이 들리긴 하네. 하지만 빨리 해야 해, 시간이 별로 없으니까."

"저한테 맡기세요." 토니는 차분히 말했다.

가정부가 브리짓에게 전화가 왔다고 알리러 왔다. 브리짓은 토니에게 손을 흔들어 간다는 신호를 하고, 천막에서 연결된 통로를 통해 집으로 들어갔다. 바닥에 붉은 카펫이 깔린 터널 같은 통로에는 꽃집에서 온 사람들이 얼굴에 웃음을 머금고 초록색의 철제 버팀살대에 담쟁이덩굴 화환을 달고 있었다.

아직 추운 2월인데도 집 안에서 파티를 열지 않는 건 이상한 일이었다. 소니가 '브리짓의 런던 친구들'에 의해 자기의 '물건들'이 다칠 것이라고 생각했기 때문이다. 할머니가 집 안을 '식객, 상놈, 유대인'으로 가득 채웠다고 한 할아버지의 불평 소리가 소니의 뇌리를 떠나지 않았던 것이다. 그런 부류가 다양하게 섞여야 재미난 파티가 될 수 있다는 것을 인정하면서도, 자기의 '물건들'에 대해서는 그들을 신뢰할 생각이 없었다.

브리짓은 휑한 응접실을 가로질러 가서 전화를 받았다.

"여보세요?"

"나야, 잘 있었어?"

"오로라! 정말 다행이야, 너라서. 낯선 사람이나 다름없는 누군가가 또 식구들 모두 데리고 파티에 와도 되냐고 묻는 전화일까 봐 걱정했는데."

"세상에 그런 **끔찍한** 사람들이 있어?" 오로라 던은 사람들에게 잘 알려진 잘난 체하는 목소리로 말했다. 얼굴이 크림 같고 눈동자가 둥그렇고 맑아서 샤롤레 소처럼 은은하게 아름다운 느낌을 주는 외모였으나, 자기 말에 혼자 킬킬거리는 웃음소리는 하이에나의 울음소리를 떠올리게 했다. 오로라는 브리짓의 가장 친한 친구였다.

"악몽이지 뭐." 브리짓은 연회업체에서 가져온 빈약한 의자에 앉았다. 소니의 '물건들'을 치우고 그 자리에 놓은 것이었다. "어떤 사람들은 얼마나 뻔뻔한지 몰라."

"말하지 않아도 알아. 경비업체를 잘 써야 할 텐데."

"응, 소니가 경찰을 불렀어. 오늘 오후에 축구 경기에 나가기로 한 걸 취소하고 여기 와서 모든 걸 점검할 거야. 그 사람들한테도 잘된 일이지. 아마 집 둘레를 빙 둘러 경계 설 거야. 그리고 다른 때 쓰는 경비업체 사람들이 문을 지킬 거야. 그러고 보니 전화기 옆에 누가 두고 갔는지 '그레셤 경비'라는 업체 무전기가 있네."

"사람들은 왕실이라면 아주 법석들을 떨지."

"**말도 마.**" 브리짓은 불만스러운 신음 소리를 냈다. "사립 탐정과 시녀에게 금싸라기 같은 방을 두 개나 내주어야 해. 완전 공간 낭비야."

브리짓은 복도에서 괴성이 들려오자 말을 중단했다.

"넌 웬 여자애가 이렇게 더럽니! 부모님한테 폐가 되잖아!"

강한 스코틀랜드 억양으로 외치는 여자 목소리가 들려왔다. "네가 드레스를 더럽혔다는 걸 공주님이 알면 뭐라고 하시겠니? 더러워서 참!"

"어휴, 이거 원!" 브리짓이 오로라에게 말했다. "유모가 벌린다에게 너무 엄하게 하지 않았으면 좋겠는데. 저러는 거 정말 끔찍한데, 도저히 뭐라고 할 엄두가 안 나."

"무슨 말인지 알아." 오로라가 동정적으로 말했다. "난 루시의 유모가 굉장히 무서워. 나 어렸을 때 유모 생각이 나서 그런 것 같아."

브리짓은 자기가 '적절한' 유모가 없이 자란 사실이 드러날까 봐 그 말에 토를 달지 않았다. 브리짓은 그것을 보정하는 차원에서 특별한 수고를 들여, 일곱 살 먹은 벌린다를 위하여 적절한 구식 유모를 구했다. 직업소개소는 마침 몇 년 동안 대기자 리스트에 올라 있던 심술궂은 할머니에게 그런 좋은 자리를 알선해 주게 된 것을 기뻐했다.

"또 내가 두려워하는 거 하나는 오늘 밤에 어머니가 온다는 거야."

"어머니들은 그저 흠만 찾으려고 하지, 그치?"

"맞아." 브리짓은 자기 어머니는 사실 딸이 피곤할 정도로 열심히 도와주는 사람인 걸 알면서도 대답은 그렇게 했다. "난 가서 벌린다를 달래 줘야겠어." 브리짓은 의무감에서 그런다는 듯이 한숨을 쉬었다.

"좋아!" 오로라는 달콤하게 속삭이듯 말했다.

"그럼 오늘 밤에 봐." 브리짓은 오로라를 떨어 버려서 기뻤다. 할 일이 산더미 같기도 했지만, 오로라는 자신감을 불어넣어 주기는커녕, 그게 (빈털터리인) 그녀가 고용되다시피 한 이유인데도, 최근에는 자기라면 파티를 브리짓보다 더 훌륭히 준비할 수 있었을 것이라는 암시를 주기 시작했다.

벌린다에게 가 볼 생각은 전혀 없는데, 벌린다를 핑계로 전화를 끊은 것은 부적절했다. 브리짓은 딸을 돌보는 일이 거의 없었다. 벌린다가 딸이라는 것을, 그래서 소니에게 상속자가 없는 데 따른 근심을 안겨 준 것을 용서할 수 없었다. 브리짓은 20대 초에 여러 번 낙태를 한 뒤 그다음 10년 정도는 계속 유산을 했다. 원하지 않는 여자아이를 낳았다는 것을 감안하지 않더라도, 브리짓에게는 정상 분만 자체가 난관이었다. 의사는 다시 애를 가지면 위험할 것이라고 했다. 브리짓은 마흔두 살이었다. 그런데다 소니가 부부 관계를 가지지 않으려 하기 때문에 임신할 생각을 접고 있었다.

지난 16년 동안 결혼 생활을 하는 가운데 브리짓의 외모가 분명히 망가지기는 했다. 맑고 푸른 눈은 흐릿해졌고, 촛불같이 빛나던 피부는 표 나게 빛을 잃었고, 색조 크림을 발라야만 부분적으로나마 생기를 찾았다. 한창때는 많은 이들에게 망상을 품게 한 몸매도 지방질이 빠지지 않고 축적되어 이제는 볼품이 없었다. 소니를 배신하는 것은 마음에 내키지 않고, 그를 유혹할 수도 없게 되자 자기 몸이 멋없이 쇠퇴해 가는 것을 용납했다. 그리고 점점 더 다른 방식으로 남편을 즐겁게 해 줄 생각을 하는 데 시간을 보냈다. 아니 그렇다기보다는, 남편의 기분을 상하게 하지 않기 위해 그랬다는 게 맞을 것이다. 소니는 브리짓의 노력을 당연한 것으로 여기고, 사소한 실수라도 하면 거기에 온 신경을 집중했기 때문이다.

브리짓은 준비를 계속해야 했지만, 그것은 브리짓의 경우, 모든 일을 다른 사람들에게 맡겼으므로 걱정하는 일을 의미했다. 제일 먼저 걱정하기로 한 건, 탁자에 놓인 무전기였다. 어떤 칠칠치 못한 경비 요원이 잃어버린 게 분명했다. 브리짓은 무전기를 들어 호기심에 스위치를 켜 보았다. 치직거리는 소리가 크게 터져 나오더니 웽 하고 주파수가 맞지 않는 라디오 소리가 났다.

브리짓은 이 혼란된 소리 속에서 무언가 들을 수 있을까 하는 호기심에 의자에서 일어나 이리저리 방 안을 돌아다녀 보았다. 잡음이 점점 더 커지다 희미해지는가 하면, 끽끽거리는 소리로 증폭되기도 했다. 그런데 꾸물꾸물한 겨울 하늘 아래 축축한 하얀 천막이 우뚝 솟아 가리고 있어서 어둑한 창가로 가까이 가자 어떤 목소리가 들렸다, 아니, 들린 것 같았다. 무전기를 귀에 더 바짝 갖다 대자 치직거리는 소리 사이사이에 속삭이는 듯한 대화가 들렸다.

"실은 말이야, 브리짓과 나는 한동안 '부부 관계'를 가지지 못했네……" 무전기에서 흘러나온 소리였다. 이 소리가 다시 희미해지자 브리짓은 무전기를 필사적으로 흔들며 창가로 더 가까이 갔다. 어찌 된 영문인지 이해가 되지 않았다. 어째서 무전기에서 소니 목소리가 들렸지? 하지만 브리짓과 한동안 '부부 관계'를 가지지 못했다고 할 사람이 달리 누가 있겠는가?

몇 마디가 또 들리자 브리짓은 다시 발동된 호기심과 두려운 마음으로 무전기를 귀에 바짝 갖다 댔다.

"이제 와서 브리짓을 버리면…… 할 것도 뻔하고. 하지만 나는…… 치틀리에 대한 책임……" 대화가 혼선이 되어 잘 들리지 않았다. 온몸이 후끈 달아오르고 따끔거리는 느낌이 들었다. 브리짓은 그들이 무슨 말을 하는지, 무슨 끔찍한 일을 꾸미는지 들어야 했다. 소니는 누구와 이야기하는 걸까? 틀림없이 피터일 것이다. 하지만 만일 피터가 아니라면? 소니가 그녀만 모르게 누구에게나 그런 식으로 말한다면?

"모든 건 신탁 관리되고 있어" 하는 소리가 들리더니 곧 다른 사람 목소리가 들렸다. "다음 주에…… 점심……" 그렇다, 피터였다. 그리고 무전기가 치직거리더니 "생일 축하하네" 하는 소리가 들렸다.

브리짓은 창문 아래 긴 의자에 주저앉았다. 팔을 쳐들어 무전기를 벽에 내던지려다 말았다. 무전기를 높이 쳐들었다가 내린 팔이 옆구리에 힘없이 축 쳐졌다.

4

조니 홀은 1년 넘게 약물 중독자 모임에 나갔다. 그는 스스로도 설명할 수 없는 의욕과 겸손이 뒤섞인 일시적 기분에 떠밀려 토요일 오후 3시 모임에 차와 커피를 준비하겠다고 자원했다. 흰 플라스틱 컵에 티백을 넣어 두거나, 약간의 인스턴트커피 가루를 타 놓은 것을 사람들이 가져가는 모습을 보면, 다수의 얼굴을 알아보았지만 이름을 기억해 내는 데는 애를 먹었다. 그런데 그들 대다수가 그의 이름을 기억해서 조니는 당황스러웠다.

조니는 차 한 잔을 가지고 가서 평소대로 뒷줄에 앉았다. 뒤에 앉으면 사람들의 재촉에 떠밀려 말을 할 때, 다시 말해서 이야기를 '공유'할 때 말하기가 더 힘들다는 것을 알면서도 늘 뒤에 앉았다. 조니는 발언자를 지목하는 중독자에게서 가급적 멀리 떨어져 눈에 잘 띄지 않는 곳에 있는 게 좋았다. 중독과 약물 중독자 모임의 성격에 대한 '안내 책자'의 글을 발췌해서 소리 내어 읽는 의식인 '전문前文' 읽기는 조니의 귀에 들어오지도 않았다. 그는 앞줄에 앉은 여자가 예쁜지 알고 싶었지만 옆모습도 잘 안 보여서 생김새도 알 수 없었다.

모임 간사가 앤지라는 여자에게 증언해 줄 것을 요청했다. 짧고 굵은 다리에 검정 레오타드 타이츠를 입었고, 머리칼로 지칠 대로 지친 얼굴을 3분의 2 정도 가린 여자였다. 부모의 집을 털었을 때의 수치심이라든가 주차할 곳을 찾지 못해 겪은 어려움 같은 하소연에 머물기 일쑤인 첼시 지역 모임에 약간의 투지를 더하기 위해 초청되어 킬번에서 왔다.

앤지는 1960년대에 그게 '죽여주는 맛'이라서 '소비'하기 시작했다고 했다. 앤지는 마약을 한다는 것을 그렇게 말했다. '안 좋았던 옛날' 이야기를 되새기고 싶어 하지는 않았지만 모임에 온 사람들에게 자기의 소비에 대한 사정을 조금은 알려 주어야 했다. 30분이 흘렀는데도 앤지는 여전히 광란의 20대 때 이야기를 하고 있었다. 사람들은 그런 이야기를 한참 더 듣고 나서야, 앤지가 지난 2년 동안 꾸준히 약물 중독자 모임에 참석해서 얻은 식견을 들을 수 있었다. 앤지는 여전히 자기가 '결함투성이'라는 자아비판적 발언으로 증언을 마쳤다. 그러면서 자기가 제정신이 아니고, 모든 것에 완전히 중독되어 있었다는 것을 약물 중독자 모임 덕분에 알게 되었다고 했다. 앤지는 또한 '걷잡을 수 없이 공동의존적'*이었다. 그녀는 '어린 시절과 관련된' 많은 문제를 처리하기 위하여 급히 개인 카운슬링을 받을 필요가 있다고도 했다. 앤지는 애인을 가리킬 때 '관계'라는 말로 대신했는데, 그 '관계'는 중독자와 살면 별도의 귀찮은 일들이 생길 수 있다는 것을 깨닫고, 둘이 함께 '커플 카운슬링'을 받기로 했다. 이것은 치료의 드라마로 점철된 인생에서 가장 최근에 생긴 흥분된 일로써, 앤지는 그것이 가져다줄 혜택에 큰 희망을 걸었다.

간사는 앤지에게 무척 고마워했다. 앤지가 공유한 이야기는 그에게도 딱 들어맞는다고 했다. 간사는 자기의 경우는 앤지와는 다르지만 '100퍼센트 공감'하며 자기는 마약 주사를 맞은 적도 없고, 헤로인이나 코카인에 중독된 적도 없다고 했다. 그 공감은 앤지의 소비에 대한 것이 아니라, '감정'에 대한 것이었다. 조니는 앤지가 언제 '감정'을 언급했는지 기억나지 않았지만 애써 그 의심을 억눌렀다. 의심을 하기 시작하면, 자원해서 차를 만들기까지 한 눈부신 발전은 아랑곳없이, 모임에 계속 참여하기조차 힘들어질 것이기 때문이었다. 간사는 이어 자기에게도 어린 시절의 일들이 수면 위로 떠올랐다고 했다. 자기에게는 어

---

* 공동의존은 자식에게 전해지는 학습 행동이다. 가족 구성원이 개인으로 건강한 관계를 가릴 수 있는 능력을 저해하는 감정과 행동을 보이는 상태를 가리킨다. 약물 중독자의 일방적인 의존 관계를 가리키기도 한다.

렸을 때 어떤 불쾌한 일도 일어나지 않았지만, 부모님의 자애로움이 숨 막힐 듯했기 때문에, 그들의 이해와 아량에서 벗어나는 게 그로서는 현실적인 문제였다는 사실을 최근에야 알게 되었다고 했다.

간사는 공감을 불러일으키는 그런 말로 참석자들이 말할 기회를 열어 주었다. 조니에게는 '공유'의 압박 때문에 당황스러운 시간이었다. '회복'과 관련된 말에 거부감이 있고 자의식이 강하다는 것도 문제지만, 각자의 경험과 생각을 공유하는 참석자들의 이야기는 최초로 증언한 사람의 이야기와 '밀접한 연관'이 있어야 하는데, 그 증언을 조니가 똑똑히 기억하는 경우가 매우 드문 것도 문제였다. 조니는 다른 사람들이 먼저 '밀접한 연관'을 짓는 것을 보고 앤지가 증언한 내용을 파악하기로 했다. 그러나 이것은 운이 따라야 하는 방식이었다. 참석자들은 대개 최초의 증언에는 포함되지 않은 다른 무언가를 가지고 공감했기 때문이었다.

참가자 가운데 제일 먼저 발언한 사람은 자기는 스스로 '내면의 어린아이에게 부모 역할을 함으로써' 자신을 양육해야 했다고 말했다. 그는 조니를 기겁하게 만드는 하느님의 도우심과 회원의 도움으로 내면의 어린아이가 '안전한 환경' 속에서 성장할 것을 희망했다. 그는 자기도 관계 문제, 즉 애인 문제가 있지만, 회복 과정 중 도움을 받아들이는 세 번째 단계를 실행하면 결국 모든 게 잘될 것이라고 했다. 그리고 그는 '실행'할 뿐 결과는 자기 책임이 아니라고 했다.

두 번째 발언자는 앤지가 킬번 중독자들의 '선망의 대상'이었듯이 자기는 윔블던 중독자들의 '선망의 대상'이었기 때문에 앤지의 말에 100퍼센트 일체감을 느낀다고 했다. 그러자 사람들이 웃고 떠들었다. 그렇지만 그는 이제 정당한 의학적 사유가 생겨 병원에 가면 그의 몸 어디에도 쓸 만한 혈관을 찾지 못해 애를 먹는다고 말을 이었다. 그는 '용감하고 엄밀한 도덕적 재고 파악'이라고 부르는 네 번째 단계를 밟고 있었다. 그 과정에서 자세히 들여다볼 필요가 있는 많은 문제들이 드러났다고 했다. 그는 한 모임에서 어떤 여자가 성공을 두려워한다고 한 말을 듣고, 자기도 그런 문제를 안고 있을지 모른다고 생각했다. 당시 그는 자기가 겪은 많은 '관계 문제'는 '문제 가정'에서 자라났기 때문이란 것을 깨달았을 때라서 무척 괴로웠다. 그는 사랑받을 가치가 없다고 느꼈고, 그래서 결국 사랑이 없었던 것이라고 결론을 내렸다. 그러자 그가 '감정'에 직면해 있다는 것을 알아차린 옆 사람이 그의 등을 쓰다듬어 위로해 주었다.

조니는 형광등과 스티로폼 천장을 쳐다보았다. 더러운 교회 지하실이었다. 조니는 사람들이 경험을 말할 때, 애매하고 실체가 없는 속어를 쓰지 말고, 제발 평범한 말로 했으면 좋겠다고 생각했다. 이제 그는 공상을 그만두고, 더 발언할까 말까 하는 문제로 더욱더 고민했다. 그는 발언을 시작할 문장들을 구성하고, 지금까지 다른 사람들이 말한 것과 자기가 말하고 싶은 것을 우아하게 연결시킬 방법을 상상했다. 그러다 자기 이름을 재빨리 자원해 말하지 못한 바람에 발언권을 얻지 못하자 가슴이 쿵 내려앉았다. 조니는 패트릭 앞에서 늘 그러듯이, 자기가 대단히 침착한 사람인 양 허세를 부리고 나면 유난히 안절부절못했다. 패트릭과 전화를 한 뒤라 그런지 약물 중독자 모임에서 오가는 바보 같은 어휘에 대한 반발심이 증폭되었다. 조니는 패트릭과 단둘이 저녁을 먹기로 한 것을 후회했다. 패트릭의 신랄한 비판, 마약에 대한 노스탤지어, 양식화된 절망에 대해 듣고 나면 조니는 대개 동요되고 혼란스러워졌다.

지금 발언자는 안내 책자 어디선가 '마음이 있다'는 것과 '준비가 되었다'는 말의 차이점에 대해 읽었다고 했다. 안락의자에 앉아 있어도 외출할 마음은 있을 수 있지만, 외투를 입고 모자를 쓰지 않으면 완전히 외출할 준비가 안 된 것이라는 내용이었다. 그 발언자가 회원들 특유의 상투적인 말을 하는 것을 보고, 조니는 그가 발언을 마무리하는 것을 알았다. '신참자들'에게 긍정적인 말을 들려줄 필요가 있기 때문에 발언자들은 그 점을 염두에 두고 이야기해야 했으므로, 그는 갱생의 길을 찾는 순종적 중독자들의 관습대로, 긍정적인 말로 이야기를 마치려고 애를 썼다.

조니는 지금 말해야 한다, 지금 끼어들어 준비해 둔 말을 해야 한다.

"내 이름은 조니입니다." 그는 앞선 발언자가 마저 마무리를 하기도 전에 불쑥 말을 내뱉었다. "나는 중독자입니다."

"안녕하세요, 조니." 일동이 일제히 말했다.

"나는 꼭 발언해야 합니다." 조니는 과감하게 시작했다. "오늘 밤 파티에 갈 텐데, 거기엔 마약이 많이 돌 것이란 걸 알기 때문입니다. 굉장한 파티라서 그런지 그냥 위협받는 듯한 기분입니다. 난 그냥 이 모임에 와서 오늘 밤 약을 하지 않겠다는 마음을 재확인하고 싶었습니다. 고맙습니다."

"고맙습니다, 조니." 일동이 그의 말을 되풀이했다.

조니는 해치웠다, 정말 고민되는 것을 말해 버렸다. 웃기는 말이나 재치 있는 말이나 흥미로운 말을 하지는 못했지만, 이런 모임들이 아무리 우스꽝스럽고 따분하더라도 일단 참여하기만 하면, 오늘 밤 파티에 갔을 때 마약을 저항할 힘을 얻고, 그 시간을 아주 조금 더 즐길 수 있으리란 것을 알았다.

조니는 자기 말을 다 하고 나자 온정으로 얼굴이 환해졌다. 그리고 모임을 시작할 때는 불러일으키지 못한 동정심을 가지고 다음 발언자 피트의 이야기를 경청했다.

피트는 누가 자기에게 갱생은 '넥타이를 팔뚝에 매지 않고 목에 매는 것'이라고 했다며 말을 꺼냈다. 청중은 숨죽여 웃었다.

피트는 '소비'하는 생활을 할 때는 무단횡단을 해도 자동차에 치이거나 말거나 하는 식이었지만, 갱생의 길을 걷기 시작한 뒤로는, 자동차가 굉장히 무서워져서 (숨죽인 웃음) 멀리 돌아가더라도 횡단보도로 건너다녔다. 초기에는 콜먼 식품 회사의 겨자 가루를 코카인처럼 쏟아 줄을 짓기도 하고 스푼에 담으면서 너무 많이 넣었나 하는 생각을 하기도 했다(누군가 혼자 깔깔거렸다). 피트는 당시 그의 '관계'가 깨졌기 때문에 '산산조각이 난' 상태였다. 여자는 피트가 송어 잡는 어부가 되었으면 했고 피트는 여자가 정신병원 간호사가 되었으면 했다. 여자는 헤어질 때 피트에게 그는 '두 다리로 서 있을 때 최고'라고 생각한다고 말했다. 그 말을 들었을 때 피트는 여자가 돼지와 사랑에 빠졌나 하고 걱정했다(웃음소리). 그게 아니면 지네였을지도 모른다고 했다(더 큰 웃음소리). 자신의 수치심을 털어놓는다는 것은 바로 이런 것이다! 다름이 아니라 피트는 요전에 '열두 번째 단계인 내방'*을 나간 일이 있었다. 약물 중독자 모임 사무실에 전화를 걸어온 현역 중독자를 방문하는 일이었다. 그자는 정말 안 좋은 상태에 처해 있었지만, 피트는 솔직히 인정하기를, 자기는 그자가 가지고 있는 것을 그자보다 더 원했다고 했다. 이 질병의 광기란 그 정도였다! "나는 겸손한 자세로 이 프로그램

---

* 각종 중독이나 행동장애를 극복하기 위한 '12단계 프로그램'을 말한다. 원래 알코올 중독자 갱생회에서 개발한 프로그램이다.

을 시작했습니다." 피트는 좀 더 경건한 어조로 결론을 내렸다. "그런데 그때 그런 자세를 계속 유지해야 한다는 것을 알았습니다." (다 안다는 듯한 불평 소리와 "고맙습니다, 피트"라는 감사의 말이 들렸다.)

피트 다음에 발언한 샐리라는 미국 여자는 자기가 '처음 정신을 차렸을 때'는 '밤에 자고 낮에 깨 있는 것'이 '굉장한 발상'이었다고 했다. 샐리가 갱생 프로그램에서 바란 것은 '전면적 자유'였는데 그것을 성취하려면 '사랑이 많은 초월자*'의 도움이 필요하리란 것을 알았다. 샐리는 크리스마스 때 '내면의 어린아이를 경축'하는 무언극을 보았다. 그 후로 다른 회원과 함께 여행을 하고 있는데, 미국에서는 사람들이 '함께 아프면 뭉친다'고 하기 때문이었다.

일동이 샐리에게 고맙다고 한 뒤 간사는 이제 '신참 시간'이니 그 시간을 존중해 주면 감사하겠다고 했다. 이 순서를 알리면 존재하지 않거나 두려워서 말을 못 하는 신참자가 있는지 알기까지 항상 잠시 침묵이 흘렀다. 그리고 마지막 5분은 인생이 '산산조각 난' 상태에 처했거나 '그저 모임의 일원임을 느끼고 싶어 하는' 베테랑이 독차지하곤 했다. 그러나 이번에는 진짜 신

---

* '초월자'로 옮긴 Higher Power는 1935년 미국 시카고에서 창설된 알코올 중독자 갱생회에서 만든 용어로, '우리들보다 더 큰 존재', '신', '하느님이라는 개념' 따위를 뜻한다.

참이 있었다. 그는 과감히 입을 열었다.

그는 데이브라는 사람이었는데, 이 모임에 처음 참석했으며, 이 모임이 마약을 끊는 데 어떻게 도움이 될 수 있을지 모르겠다고 했다. 사실 그는 중간에 그냥 가려고 했는데, 누군가 겨자 가루와 스푼에 대해서, 가루를 줄 모양으로 놓고 흡입하는 따위의 이야기를 했을 때, 이 모임에 그런 것을 해 본 사람은 없는 줄 알았다가 그런 이야기를 듣고 기분이 이상했다고 했다. 그는 무일푼이었고, 사방에 빚을 졌기 때문에 외출도 할 수 없는 처지였다. 자기가 현재 약에 취해 있지 않은 것은 더 이상 도둑질을 할 기운이 없기 때문이라고 했다. 그는 아직 텔레비전만은 갖고 있었다. 그런데 자기가 그것을 마음대로 조정한다는 강박증이 있었다. 그래서 이제는 텔레비전을 보는 게 겁났다. 지난밤에는 화면을 응시하기만 했는데 거기에 나온 사내가 어디론가 사라져서 걱정을 했다고 했다. 데이브는 여기까지 말하고 달리 더 할 말을 생각할 수 없었다.

간사는 신참들에게 늘 그러듯 각별히 달래는 투로 데이브에게 감사하다는 말을 했다. 신참들의 고통은 간사에게는 영혼의 자양분, 다시 말해서 '감정을 쏟아 놓거나 정보를 전달'해 줄 수 있는 매우 소중한 기회였다. 그는 데이브에게 모임이 끝나면 뒤에 남아 몇 군데 전화번호를 받아 갈 것을 권했다. 데이브는 자기 전화는 서비스가 취소되었다고 했다. 그러자 간사는 멋진

'나눔'의 시간이 단순한 대화로 변질될까 봐 데이브에게 굳은 웃음을 지어 보이고는, 모두를 향해 다른 신참이 더 있는지 물었다.

조니는 데이브에게 무슨 일이 있었는지 마음이 쓰이는 자신을 문득 의식하자 내심 놀랐다. 그는 마약에 사로잡혀 구제하기 힘들 정도로 깊이 중독된 사람들이 오랫동안 다른 것은 아무것도 생각하지 못하는 생활에서 벗어나 인생을 재정비할 수 있기를 진심으로 바랐다. 그들이 목적을 이루려고 애쓰는 과정에서 애매한 속어를 쓰는 것은 조니로서는 유감스러운 일이었지만, 그게 그들의 실패를 바랄 만한 이유는 되지 못했다.

간사는 절박하게 이야기를 나누어야겠다는 사람이 없으면, 시간이 다 되었으므로 모임을 마치겠다고 말했다. 아무도 나서는 사람이 없자, 간사는 자리에서 일어나, 앤지에게 모임의 끝마무리를 도와 달라고 부탁했다. 다른 사람들도 모두 일어나 서로 손을 잡았다.

"모두 함께 평온을 비는 기도를 하실까요?" 앤지가 물었다. "여러분이 아는 '하느님'이 남성이든 여성이든 중성이든, 각자의 하느님을 부릅시다." 그리고 앤지는 바로 기도에 돌입했다. "하느님, 바꿀 수 없는 것은 받아들일 평온과, 바꿀 수 있는 것은 바꿀 용기와, 그 둘을 구별할 지혜를 주옵소서."*

---

* 미국 신학자 라인홀드 니버가 1930년대에 만든 기도문으로, 훗날 '12단계 프로그램'을 도입한 다양한 갱생 모임의 일부가 되었다.

조니는 늘 그러듯 자기가 이 기도를 누구에게 하는 것인지 자문했다. 간혹 '동료 중독자'들과 대화를 하게 될 때는 자기가 '세번째 단계'에서 더 진전하지 못하고 있다고 고백하기도 했다. 세번째 단계는 자신의 의지와 삶을 '자기가 이해하는 바대로의' 하느님에게 맡기라는 과감한 제안을 내용으로 하는 것이었다.

모임이 끝나고 어맨다 프랫이 조니에게 다가왔다. 그는 그때까지 어맨다가 거기 있는 줄 몰랐다. 어맨다는 니컬러스의 스물두 살 먹은 딸이었다. 니컬러스가 브리짓과 연애할 때, 미래의 적합한 결혼 상대에 대한 비관적인 공상을 하면서 떠올렸던, 파란색 순모 셔츠에 수수한 진주목걸이를 한 장군의 딸인 아내, 그의 아내였던 여자들 중 가장 합리적인 아내가 낳은 딸이었다.

조니는 어찌어찌해서 어맨다의 부모에 대한 이야기는 잘 알고 있었지만, 어맨다와 잘 아는 사이는 아니었다. 어맨다는 그보다 여덟 살 어리고, 조니가 보기에는 약물 중독자는 아니었다. 그저 다이어트의 일환으로 코카인이나 스피드를 조금 했거나, 잠을 잘 자기 위해 수면제를 좀 먹어 본 흔해 빠진 신경증 환자일 뿐이었다. 그렇게 하찮은 수준의 마약 남용인데도 불쾌감을 느끼기 시작하자 곧 끊었다는 사실은 조니가 보기에 정말 한심했다. 조니 자신은 똑같은 실수를 반복하며 20대를 몽땅 허비했는데 말이다. 그래서 그는 자기보다 일찍 또는 별로 정당한 이유 없이 한계에 이른 중독자들을 은근히 무시했다.

"정말 웃겼어요." 어맨다는 조니가 싫어할 정도로 크게 말했다. "오늘 밤 굉장한 파티에 간다는 얘기를 듣고 속으로 치틀리 파티구나 했어요."

"어맨다도 가나요?" 조니는 어떤 대답을 들을 줄 알면서 물었다.

"아, 네. 브리짓은 사실상 계모죠. 아빠가 엄마랑 결혼하기 직전까지 둘이 사귀었으니까."

조니는 어맨다를 쳐다보고, 여자가 예쁘긴 한데 전혀 섹시하지 않은 현상에 다시금 놀라워했다. 어맨다를 감싼 무엇, 공허한 무엇, 실종된 소실점 때문에 매력이 없어 보였다.

"자, 그럼, 오늘 밤에 보겠군요." 조니는 대화를 끝내고 싶었다.

"패트릭 멜로즈와 친구 사이죠?" 어맨다는 말을 끝내려는 그의 어조에 아랑곳하지 않고 물었다.

"네."

"그럼 여기 회원들에 대해 많이 헐뜯었겠네요." 어맨다가 못마땅한 듯 말했다.

"그럴 수도 있잖아요?" 조니는 데이브가 아직 있는지 확인하려고 어맨다 어깨 너머를 보며 한숨을 쉬었다.

"그럴 수도 있다니요! 한심한 거죠. 그러는 걸 보면 패트릭이 얼마나 심리가 이상한지 알 수 있어요. 그렇지 않다면 회원들을 헐뜯지 않겠죠."

　"그럴지도." 조니는 '갱생'과 관련된 뻔한 동어 반복이려니 하고 체념했다. "그런데 난 지금 출발하지 않으면 치틀리 가는 차편을 놓쳐요."

　"그럼 오늘 밤에 봐요." 어맨다가 명랑하게 말했다. "긴급 집회 때 조니 씨가 필요할지도 몰라요!"

　"음. 어맨다가 거기 간다는 걸 알게 되어 좋군."

5

푸생 그림의 진품과 가짜를 구분할 때는 필요하지만, 안타깝게도 안전 운전에는 도움이 안 되는 도수 높은 안경을 낀 로빈 파커는, 한 늙은 여자가 '그의' 객실에 든 것을 보고 경악했다. 그는 지저분한 간이식당에서 소형 진토닉을 가져오는 불쾌한 경험을 한 참이었다. 그에게는 열차의 모든 게 불쾌했다. 플라스틱 '잔', 보라색과 청록색이 섞인 실내 장식 천, 디젤기름 냄새, 구석에 쌓인 각질 부스러기 따위만 해도 참기 힘든데, 이제 영국 여왕이 입으면 모를까 누가 입어도 비판을 면할 수 없을 외투를 입은 매력 없는 할머니가 그의 객실에 침입한 것이다. 로빈은 할머니들이나 쓰는 괴상한 하늘색 여행 가방이 놓인 통로 옆을 비집고 들어가며 입을 꼭 오므렸다. 그리고 현대성의 메두사에 대항하는 페르세우스의 방패라고 그가 늘 말하는 《스펙테이터》 잡지를 펴 들고, 대단히 매력적인 누군가와 **은밀히** 스위스취리히나 어쩌면 프랑스 도빌에서 영국 글로스터셔로 날아가는 공상에 잠겼다. 찰버리에서 모튼인마시에 이르는 구간을 지날 때는 잡지를 읽는 척하면서 객실 벽에 걸린 벤 니컬슨* 그림에 대해 재치 있고 절묘한 언급을 하는 자신의 모습을 상상했다.

버지니아 왓슨스콧은 여행 가방에 불안한 눈초리를 던졌다. 그것이 통행에 불편을 준다는 것을 알고 있었다. 지난번 기차 여행에서는 지나가던 한 친절한 젊은이가 가방을 머리 위 선반에 올려 주었다. 그것을 내릴 때는 어쩌라는 건지 전혀 생각하지 않고서 말이다. 버지니아는 워낙 점잖아서 아무 말도 하지 않았다. 열차가 패딩턴 역에 도착했을 때 그것을 내릴 때 무게 때문에 비틀거렸던 기억이 있었다. 아무리 그래도 그렇지, 맞은 편에 앉은 괴상하게 생긴 신사는 최소한 가방을 올려 주겠다고도 하지 않았다.

버지니아는 결국 파티에 가서 입으려고 산 암홍색 벨벳 드레스를 챙기지 않았다. 용기가 나지 않았기 때문이다. 로디가 살아 있다면 그런 일이 없었을 것이다. 그녀는 그냥 예전에 애용하던 옷을 입기로 했다. 소니와 브리짓은 그 옷을 수없이 많이 보았

---

*   Benjamin Lauder Nicholson(1894~1982). 영국 추상화가.

다. 그들이 버지니아를 치틀리에 더 자주 불렀다면 더 많이 보았을 옷이었다.

물론 버지니아는 왜 그런지 알고 있었다. 브리짓이 그녀를 부끄럽게 여겼기 때문이었다. 소니는 어딘가 모르게 정중하면서도 무례했다. 구식으로 잔뜩 예의를 차리면서도 그 저변에 깔린 경멸을 감추지 못했다. 버지니아는 사위야 아무래도 괜찮았지만, 자기가 가까이 있는 것을 딸이 싫어한다는 생각을 하면 마음이 아팠다. 노인들은 입버릇처럼 자식에게 짐이 되고 싶지 않다고 말한다. 그런데 버지니아는 사실 짐이 **되고 싶었다**. 그 집 마지막 손님방을 차지하겠다는 게 아니었다. 소니 소유의 작은 시골집들 가운데 하나면 족했다. 그는 항상 자기가 얼마나 많은 집을 가지고 있는지, 그래서 그것들이 얼마나 무거운 짐이었는지 자랑했다.

브리짓은 원래 아주 착한 아이였는데 못된 니컬러스 프랫 때문에 딴사람이 되었다. 그게 무엇인지 말로 설명하기 어려웠다. 브리짓은 집에 오면 모든 것을 비판했다. 평생 알아 온 사람들을 깔보았다. 다행히도 버지니아는 니컬러스를 단 한 번 보았을 뿐이다. 남편 로디와 함께 오페라에 초청되어 갔을 때였다. 버지니아는 오페라에 다녀와서 로디에게 니컬러스는 브리짓과 맞지 않는 상대라고 했다. 그러자 남편은 브리짓은 분별 있는 아이이며 스스로 알아서 결정을 내릴 만큼 성숙한 성인이라고 했다.

✂

"아유, 좀 서둘러요." 캐럴라인 폴록이 말했다. "일찍 가서 정신적인 지원을 해 주기로 약속했잖아."

정신적인 지원은 치틀리에서 필요한 것이기는 하지, 피터 폴록은 생각했다. 아침에 소니와 대화를 하고 아직 얼떨떨한 기분이었다.

그들은 사슴들이 평화로이 풀을 뜯고, 양옆에 늙은 떡갈나무가 줄지어 선 진입로를 따라 달렸다. 피터는 자기는 진정 남자에게 집은 성이라고 주장할 수 있는 그런 영국 남자라고 생각했다.* 그는 유명 텔레비전 쇼에서 그런 말을 해도 좋을지 어떨지 확신이 없었다. 캐럴라인이 운전하는 스바루가 갈색 정문 기둥사이를 통과할 때, 그는 여러 가지를 감안하여, 아마 안 하는 게 좋을 것이라고 확정 지었다.

니컬러스 프랫은 알랑투르의 차 뒷좌석에 편히 앉았다. 세상

---

* 1628년에 제정된 영국 관습법에 따라 집 안에서 남자는 무엇이든 다 할 수 있고 그 안에서 일어나는 일은 아무도 간섭할 수 없다는 의미의 '영국 남자의 집은 그의 성이다'라는 말이 전해져 왔다. 본문에서 피터 폴록의 생각은 자신의 집은, 귀족으로 대대로 영지를 물려받은 진정한 '성'이라는 것을 의미한다. 사실 모든 영국인은 자기 집을 '성'이라고 할 수 있지만 '성'다운 '성'에서 사는 사람은 세습 영지를 가진 소수에 불과하다는 것이다.

은 바로 이런 위치에서 리무진의 유리 칸막이를 통해 바라보아야 하는 것이다, 하고 니컬러스는 생각했다.

양고기 요리는 일품이었다. 그날 아침 프랑스에서 공수해 온 치즈는 기막힌 맛이었다. 1970년산 오 브리옹 와인은 대사가 겸손히 언급했듯이 '아주 마시기 좋았다.'

"Et la comtesse, est-elle bien née그런데 그 백작 부인은 가문이 좋아요?" 자클린은 남편이 브리짓의 배경에 관한 정보를 음미할 수 있게 다시 브리짓 이야기를 꺼냈다.

"Pas du tout전혀 안 그래요." 니컬러스는 강한 영어 억양이 밴 프랑스어로 말했다.

"원래 상류층은 아니군요!" 자크 드 알랑투르가 외쳤다. 그는 스스로 구어체 영어를 자유자재로 구사한다고 자부하는 사람이었다.

자클린 본인도 딱히 상류층 출신은 아니었다. 그렇기 때문에 신분 문제에 사로잡혔고, 거기에는 다소 굶주린 측면이 있는 것이라고 니컬러스는 생각했다. 자클린의 어머니는 레바논 무기상의 딸로서, 세상에 잘 알려지지 않은 가난한 백작 필립 뒤 탕과 결혼했다. 그는 아내를 장인처럼 떠받들어 줄 수도 없었고 그런 습관에서 벗어나게 할 수도 없었다. 자클린은 태어남과 동시에 자기 명의로 스위스 유니언 은행 계좌를 가졌다. 약간 창백한 혈색과 처진 입꼬리는 어머니에게 물려받았고, 아버지를 닮은 코가 위협적으로 두드러지지 않았더라면 좋았을 것이다. 그러나 어렸을 때부터 상속녀로 유명했기 때문에 대부분의 세상 사람들에게 살아 움직이는 사진으로, 육체로 구현된 이름으로, 은행 계좌의 화신으로 비쳤다.

"그래서 브리짓과 결혼하지 않으신 건가요?" 자클린이 놀렸다.

"우리 집안은 내가 귀족 아닌 사람과 결혼해도 흠이 나지 않을 만큼 충분히 가문이 좋아요." 니컬러스는 호기롭게 대꾸했다. "뭐 하지만, 이젠 나도 예전처럼 속물은 아닙니다."

대사는 심판을 내리듯 손가락 하나를 꼽아 올렸다. "그럼 지금은 더 나은 속물이겠군요!" 그는 기지에 넘치는 표정을 지으며 말했다.

"속물근성에는 여러 종류가 있죠. 그런데 모두 다 감탄할 만하지는 않아요." 자클린이 말했다.

"속물근성은 식별력을 가지고 봐야 하는 것이죠." 니컬러스가 말했다.

"어리석은 사람들을 용인하지 않는다거나 식탁에 돼지 같은 사람들과 함께 앉지 않는다든가 하는 그런 행위는 속물이냐 아니냐의 문제가 아니라 그냥 상식 문제죠." 자클린이 말했다.

"그렇지만 돼지 같은 사람들과 함께 식탁에 앉는 일은 필요하지." 교활한 대사가 말했다.

외교관들은 전화의 발명으로 이미 오래전에 잉여 인원이 되었는데, 국가의 중대사를 논하는 이들의 틀에 박힌 태도를 아직도 벗지 못했어, 하고 니컬러스는 생각했다. 니컬러스는 언젠가 자크 드 알랑투르가 외투를 벗어 난간에 걸치고는 스페인 왕위 계승 문제를 놓고 타협하기를 거부하는 사람처럼 강하게 힘을 주어 "외투는 **여기에** 놓아야지"라고 언명하는 것을 보았다. 그리고 모자는 가까이 있는 의자에 놓고는 무한히 미묘한 태도로 이렇게 덧붙였었다. "하지만 모자는 **여기에** 놓아야겠어. 떨어질지 모르니까!" 마치 한편으론 정확한 결혼 조건을 놓고 모종의 협상을 할 수 있을지도 모른다고 넌지시 말하는 듯이.

"그런 사람들이 같은 테이블에 앉는다면 더 이상 돼지는 아니죠." 자클린은 관대한 결론을 내렸다.

사람은 자기가 부당하게 취급한 사람을 증오한다는 법칙에 따라 소니는 피터 폴록과 전화를 한 뒤 브리짓이 유난히 싫어졌다. 그래서 브리짓과 마주치지 않으려고 하다 보니 육아실까지 가게 되었다.

"아빠! 여기서 뭐 해요?" 벌린다가 물었다.

"아빠가 좋아하는 우리 딸 보러 왔지." 소니의 목소리가 크게 울렸다.

"우리 벌린다, 운이 아주 좋네." 유모가 정답게 말했다. "바쁘신 아버지가 오늘 같은 날 보러 오셨으니 말이야!"

"괜찮소, 유모. 내가 볼게." 소니가 말했다.

"네, 어르신." 유모가 간살부리듯 말했다.

"자, 우리 딸, 뭘 하고 있었지?" 소니는 손바닥을 마주 비비며 말했다.

"책 읽고 있었어요!"

"무슨 내용이야?"

"학교 소풍." 벌린다는 약간 쑥스러워했다.

"어디 가지?"

"밀랍 박물관."

"마담 튀소 밀랍 박물관?"

"네, 팀하고 제인은 아주 장난꾸러기인데, 뒤에 남아서 숨어요. 그런데 밤이 되니까 밀랍 인형들이 모두 살아 움직여요. 그래서 모두 함께 진짜 사람처럼 춤을 추고 아이들과 친구가 돼요. 아빠가 읽어 주세요, 네?"

"너 방금 다 읽었잖아." 소니는 어리둥절했다.

"내가 제일 좋아하는 이야기예요, 그러니까 아빠가 읽어 주면 더 좋아요, 네?" 벌린다는 애원했다.

"그럼, 그래야지. 아빠가 기뻐할 일이지." 소니는 농산물 공진회에서 청중에게 인사말 하듯 가볍게 고개 숙여 인사했다. 기왕 육아실에 왔으니 좋은 인상을 주는 게 좋을 것 같았다. 더욱이 소니는 벌린다를 아주 좋아했으므로 그 사실을 분명히 보여 주어도 해로울 게 없었다. 이런 식으로 생각하는 건 끔찍하지만, 실리를 잘 따져 앞을 내다보고 치틀리를 생각하지 않을 수 없었 다. 유모는 양육권 분쟁이 있을 경우 성격 증인으로 유용할 것 이다. 이렇게 예고 없이 육아실을 방문한 일은 그녀의 기억에 각인될 것이다. 소니는 낡은 안락의자에 자리 잡고 앉았다. 이 행운이 믿기지 않는 벌린다는 아버지 무릎에 앉아 그의 부드러 운 진홍색 캐시미어 스웨터에 머리를 기댔다.

"팀과 제인 반 아이들은 매우 신이 났습니다." 소니의 목소리 가 크게 울렸다. "런던으로 소풍을……"

"함께 가지 못해서 아쉽군." 데이비드 윈드폴은 만일의 경우 를 대비해 콘돔 두 개를 슬쩍 야회복 재킷 안주머니에 넣으며 아내에게 말했다.

"재미있게 놀다 와, 여보." 제인은 그가 빨리 가기를 바라며 숨을 몰아쉬었다.

"당신이 없어서 재미없을 거야." 데이비드는 콘돔 두 개로 충 분할까 생각했다.

"바보 같은 소리 마. 고속도로에 나가자마자 내 생각은 까맣 게 잊을 거면서."

데이비드는 그 주장의 진실을 굳이 반박하고 싶지 않았다.

그는 대신 "내일은 좀 나아야 할 텐데. 내일 일어나자마자 전화할게"라고 말했다.

"당신이 최고야." 그의 아내가 말했다. "운전 조심해."

결국 자기 차로 가겠다고 조니에게 전화가 와서 패트릭은 혼자 런던을 떠났다. 어두워지기 전에 떠나게 되어 다행이라고 생각했다. 그는 예전에 파티에 갈 때면 느꼈던 열광적인 흥분을 감지하고 놀랐다. 그것은 일단 인생이라는 영화가 흠 없는 매력의 외양을 갖추면 걱정은 끝나고 인생이 무의미하다는 생각을 버리게 되리라는, 아직 충족된 적 없는 희망에 기초한 감정이었다. 그런 희망이 작동하려면 그가 자신의 진실된 관점을 가리고 쓴 일기를 어느 모르는 사람이 읽을 때의 시각을 가져야 했다. 다른 사람의 후광을 충분히 입기만 하면 자기만의 것을 찾는 수고를 면할 수 있으리라고—실제는 그렇지 않았지만—믿어야 했던 것이다. 이 속물적 열병이 없으면 패트릭은 천장에 달린 선풍기처럼 빙빙 도는 자신의 의식 속에서 꼼짝하지 못한 채 두려움과 후회 외에는 아무것도 생산해 내지 못하는 자신의 두뇌에 가급적 산소를 공급하지 않기 위한 밭은 숨을 쉴 수밖에 없었다.

패트릭은 이기 팝의 〈더 패신저〉를 세 번 연속으로 들었다. 그가 운전하는 차는 하이위컴시의 공장과 주택 사이에 고가도로를 향해 빠른 속도로 언덕길을 내려갔다. 음악에 도취되었다가 벗어나자 그날 아침에 잊었던 꿈이 다시 생각났다. 살찐 알자스 셰퍼드가 자물쇠로 채운 문에 부딪치는 모습, 문이 덜거덕거리는 소리가 떠올랐다. 패트릭은 정원 옆에 난 작은 길을 따라 걷고 있었다. 그런데 그 개가 프랑스 교외의 정원에서 흔히 볼 수 있는 초록색 철망 저편에서 그를 보고 짖었다.

새로 시작한 그 노래의 도입부가 흘러나오는 동안 고가도로를 건넌 차는 언덕길을 휩쓸 듯 올라갔다. 패트릭은 얼굴을 찡그리며 이기의 노래를 따라 부를 준비를 하고, 가사를 잘 아는지라 이기보다 반 박자 빠르게 앞서 불렀다. 실내가 담배 연기로 가득한 차는 고르지 않은 운율 속에 점점 짙어 가는 어둠을 향해 달렸다.

로라가 자신의 성격에서 마음에 걸려 하는 것 하나는 아파트를 나설 때 간혹 겪는 것으로, 문지방을 넘지 못한다는 점이었다. 문밖으로 나간다 해도 다시 들어와야 했다, 그냥 **그래야 했다**. 분실했거나 깜박 잊었다고 생각한 물건은 집에 다시 들어온 순간 가방 속에서 나타났다. 고양이가 죽은 뒤로는 더 심해졌다. 외출하기 전에 반드시 고양이가 먹을 물과 먹이를 내놓고 복도로 따라 나오지 않게 단단히 주의했을 때는 그렇게 심하지 않았다.

로라는 짐이 부피가 너무 크니까, 차이나에게 대신 가서 차를 가져와 앞에 대 달라고 했다. 그러나 사실은 아파트에서 나갈 수 있기 위해서 행하는 일종의 화해 의식을 차이나에게 들키지 않기 위함이었다. 그건 우스꽝스러운 일이고, 스스로 그게 우스꽝스럽다는 것을 알았지만, 로라는 뒷걸음질해서 나가다가 문을 통과하며 문틀 상단에 손을 대야 했다. 양팔을 뻗고 살금살금 뒷걸음질해 나가는 모습을 이웃에게 들킬 위험이 항상 있었기 때문에 복도에 아무도 없는지 먼저 고개를 내밀어 흘긋 살폈다.

"우리 차 타고 가면서 게임 하자. 저녁 식탁에서 옆에 앉기 가장 싫은 사람 말하기." 차이나가 앞서 그렇게 제안했다.

"그건 전에도 해 봤잖아." 로라는 투덜거렸다.

"그럼 이번엔 다른 사람들의 관점에서 하지 뭐."

"아하, 그 생각을 못 했네."

아무튼 로라는 현관문을 잠그며 조니와 차이나는 애인 사이였으니까, 적어도 차 타고 가는 동안 차이나에게 조니의 습관이나 그를 얼마나 보고 싶어 하는가 하는 것을 물어보며 심심치 않을 것이라고 생각했다.

러시아인이기 때문에 극도로 영국적인 알렉산더 폴리츠키는 영국에서 아직도 '올드 빈'*을 진지하게 쓰는 유일한 사람이었

---

* old bean, 친한 사람들끼리 쓰는 격의 없는 호칭. '이 사람아', '여보게' 정도의 느낌이다.

다. 그는 또한 영국에서 가장 근사한 신발 컬렉션을 가진 사람이라고 널리 인정받고 있었다. 그에게는 제1차 세계대전 전에 제작된 로브 제화의 승마 부츠도 한 켤레 있었는데, 그것은 "우리 아버지 친구라고 할 수 있었던 어느 멋진 플레이보이이자 누가 봐도 **단박에** 알 수 있는 동성애자"가 그에게 준 것으로, 대화 중에 우연히 부츠나 신발이 화제로 떠오르는 특별한 경우에만 꺼내 와 사람들에게 보여 주었다.

알렉산더는 알리 몬터규를 태우고 보싱턴레인의 집에 가는 길이었다. 그들은 그 집에서 묵을 예정이었다. 알리는 빌 보싱턴레인과는 40년 동안 아는 사이였는데, 그들 부부를 그는 '런던에서는 볼 수 없는 종류의 사람들'이라고 평했다. 그들 부부는 한마디로 여행 체질이 아니라는 것이었다.

누가 언젠가 빌에게 여전히 그의 아름다운 장원 영주 저택을 가지고 있느냐고 물었다. 그러자 빌은 "아름다운 장원 영주 저택? 그 오래된 더러운 집을 말하는 거라면, 아직 갖고 있지" 하고 대답한 바 있었다. "그런데 말이야," 알리가 이어 말했다. "오늘 밤 파티에 대해 뎀프스터 칼럼에서 뭐라고 하는지 봤어? 영국 최고의 사냥터와 땅 1만 에이커, 그리고 마거릿 공주에 관한 일상적인 헛소리 다음에 브리짓이 '저희 남편 생일을 축하하려고 몇 사람 초청할 뿐입니다'라고 하더군. 그 여자는 그냥 뭘 제대로 못 하나 봐?"

"웩!" 알렉산더가 신음했다. "난 그 여자를 견딜 수가 없네. 마거릿 공주가 상전 행세하는 거야 상관없지만 말이야. 오늘 밤도 분명 그러겠지—"

"그렇게는 안 될걸." 알리가 말을 잘랐다. "그거 알아? 나는 내가 싫어하는 사람들이 여는 파티를 **선호해.**"

"하지만 나는 브리짓 그레이브센드, 결혼 전 성이 왓슨스팟* 인가 뭔가 하는 여자가 나한테 거들먹거리는 꼴은 못 봐."

"왓슨스팟!" 알리는 웃었다. "묘한 일이지만, 오래전에 브리짓 아버지를 **아주 잠깐** 안 적이 있어. 이름이 로디 왓슨스콧이지. 굉장히 멍청하고 쾌활한, 정확히 말해서 중고차 판매원이었지만 사람은 좋았지. 자네도 알다시피 나는 속물이 **아니야.** 하지만 속물이 아니라도 그 사람과는 관계를 유지할 수 없었네."

"바로 그거야. 난 중고차 판매원 딸이 나한테 거들먹거리는 꼴은 못 봐. 그래도 한때 모스크바에서 키예프까지 우리 집안 땅만 밟고도 갈 수 있었단 말일세."

"나한테 외국 지명 말해 봐야 소용없네. 난 키예프가 어디 붙어 있는지도 모르는걸."

"모스크바에서 아주 멀다는 것만 알면 돼." 알렉산더는 퉁명스럽게 말했다. "아무튼 브리짓은 신디 스미스 일로 인과응보를

---

* Watson-Scott을 Watson-Spot이라고 해서 What's on, Spot 즉, '얼룩이 묻었다'는 의미의 뉘앙스를 풍긴다.

받을 거야."

"신디가 왜 소니를 좋아하는지, 난 그걸 알 수가 없어."

"그야 소니는 신디가 뚫고 싶은 세상의 열쇠니까."

"아니면 그 열쇠에 뚫리고 싶은 거든지."

두 사람은 웃었다.

"그건 그렇고, 자네 오늘 밤 무도화를 신을 건가?" 알렉산더는 무심한 듯 물었다.

앤 아이즌은 손으로 재규어 뒷 유리를 문질러 보았지만 소용이 없었다. 바깥 면이 안개와 섞여 더럽기 때문이었다.

운전사는 백미러를 흘긋 보고는 못마땅한 표정을 지었다.

"여기가 어딘지 알아?" 톰이 물었다.

"알고말고. 우리가 제정신에서 벗어난 곳." 앤은 일정한 간격으로 차분하고 천천히 말했다. "그곳이 바로 우리가 현재 있는 곳이야. 골동품 같은 인간, 거만한 속물, 얼간이, 봉건적 자연주의자 따위가 득실거리는 곳에 가는 길이니까……"

"해럴드가 그러는데 마거릿 공주가 온다며?"

"응, 우둔한 독일 놈들도." 앤은 이 마지막 말을 덧붙이고 만족스러워했다.

재규어는 좌회전해서 긴 진입로를 따라 천천히 들어갔다. 엘리자베스조의 장원 저택 불빛이 안개 속에서 은은히 빛났다. 그들은 주말을 지낼 해럴드 그린의 저택에 도착했다.

"우아! 방이 50개나 되는 이 집 좀 봐. 분명히 유령이 나올 거야." 앤이 말했다.

톰은 바닥에서 낡은 가죽 가방을 집어 들었다. 그는 별로 감명받지 않았다. "딱 해럴드식 집이란 건 인정할 수 있겠는걸. 해럴드는 오래전에 알링턴에도 이와 똑같은 집을 가지고 있었어. 그때 우리는 젊었고 평화 운동을 했었지."

6

브리짓은 어머니에게 요금은 자기가 낼 테니 걱정하지 말고 기차역에서 택시를 타고 들어오라고 했다. 하지만 버지니아 왓슨스콧은 막상 치틀리에 도착하자 딸에게 돈을 달라고 하기가 쑥스러워 자기 돈으로 요금을 냈다. 택시 요금으로 17파운드에 팁 1파운드면 버지니아에게는 적은 돈이 아니었다.

"만일 난초가 소설을 쓸 수 있다면 이사벨처럼 쓸 거예요." 토니 파울스가 그 말을 하는 중에 버지니아가 브리짓의 작은 개인 응접실로 안내를 받아 들어왔다.

"어, 엄마, 어서 오세요." 브리짓은 한숨을 쉬며 소파에서 일어났다. 조금 전까지 브리짓은 토니의 이야기를 황홀하게 듣고 있었다. 소니가 전화하는 소리를 듣고 먹은 바리움이 충격을 가라앉히는 데 도움이 되었다. 브리짓은 습관의 최면에 빠지고 토니의 위트 넘치는 이야기로 기분 전환을 할 수 있는 자신의 재능에 은근히 놀랐으면서도 기분이 좋았다. 그렇지만 어머니의 출현은 가외의 부당한 짐으로 느껴졌다.

"나는 스스로 꽤 유능하다고 생각했는데 아직도 할 일이 아주 많이 남았어요. 엄마, 토니 파울스 아세요?"

토니가 일어나 악수를 했다. "만나 뵈어 반갑습니다."

"제대로 된 시골에 오니 좋군요." 버지니아는 침묵이 불안했다. "내가 사는 데는 이제 사방에 건물이 가득 들어서서 원."

"네, 네. 저는 젖소를 보는 게 좋더군요, 그렇지 않으세요? 정말 자연 그대로잖아요." 토니가 말했다.

"아, 네, 그렇죠. 젖소, 좋죠." 버지니아가 말했다.

"그런데 문제는 제 심미안입니다." 토니는 고백했다. "저 들에 뛰어나가 젖소들 위치를 정돈하고 싶어져요. 그런 다음 집에서 내다보면 완벽해 보이도록 젖소들을 그 자리에 꼼짝 못 하게 고정시키고 싶은 거죠."

"가엾은 젖소들, 젖소들이 그걸 좋아할 것 같진 않네요. 그런데 벌린다는 어디 있니?" 버지니아는 브리짓에게 물었다.

"아마 육아실에 있을 거예요. 좀 이르지만 차 좀 드릴까요?"

"벌린다부터 봐야겠다." 버지니아는 티타임에 맞춰 오라는 브리짓의 말을 기억하고 대답했다.

"알았어요, 그럼 육아실에 가서 차를 마시죠 뭐. 죄송하지만 어차피 엄마 방도 같은 층이니까, 가서 어떤 방인지 알려 드릴게요. 마거릿 공주며 뭐며 해서 다른 방이 없어요."

"그러고말고." 버지니아가 말했다. 그것은 브리짓을 미치게 하던 아버지 말투였다.

"저, 엄마, 그런 투로 말하지 마세요." 브리짓은 자기도 모르게 끙 하고 앓는 소리를 했다.

"내가 네 아버지한테 옮았나 봐!"

"맞아요." 브리짓은 이중 능직의 모직 바지와 블레이저 차림의 아버지가 운전 장갑을 끼면서 "그러고말고"라고 말하는 모습이 떠올랐다. 아버지는 브리짓에게 항상 상냥했지만 브리짓은 아버지를 부끄럽게 여겼다. 그렇게 생각하게 된 뒤로는 줄곧 그랬고, 그가 죽고 나서도 마찬가지였다.

"그럼 올라가요." 브리짓은 한숨을 쉬었다. "토니, 자기도 우리랑 갈 거지?" 브리짓은 토니에게 간청했다.

"네, 알겠습니다." 토니는 거수경례를 하며 "이렇게 군대식으로 말하면 안 되는 건 아니겠죠?" 하고 말했다.

브리짓은 앞장서 육아실로 갔다. 유모는 '너무 흥분했다'고 벌린다를 꾸짖다 말고 차를 만들러 육아실 부엌으로 가며 경외와 분한 마음이 교차하는 가운데 입 속으로 "부모가 한날 다 들르네"라고 중얼거렸다.

"할머니!" 벌린다는 할머니를 좋아했다. "할머니 오시는 줄 몰랐어요!"

"아무도 말을 안 했어?" 버지니아는 벌린다가 반기는 것을 보고 너무 기쁜 나머지 그 생각에 머물지 않았다.

토니와 브리짓은 방 저편의 낡은 소파로 갔다.

"장미 무늬군." 토니는 소파에 앉으며 비난하듯 말했다.

"둘이 함께 있으니 달콤해 보이지?" 브리짓은 버지니아의 무릎에 앉은 벌린다를 바라보며 물었다. 벌린다는 할머니의 가방에 사탕이 들었는지 들여다보았다. 브리짓은 잠시 자기가 벌린다의 위치에서 행복했던 옛날을 떠올렸다.

"그렇군요." 토니가 확인해 주었다. "사탕이 있어서 그런지도."

"냉소적이기는." 브리짓이 말했다.

토니는 순수한 마음에 상처를 입은 듯한 표정을 지었다.

"나는 냉소적이지 않아요." 그는 끙 하고 신음했다. "대부분의 사람들에게 동기를 부여하는 건 탐욕과 시기라는 게 뭐 내 잘못인가요?"

"자기에게 동기를 부여하는 건 뭐야?" 브리짓이 물었다.

"멋이죠." 토니는 수줍어했다. "그리고 내 친구들에 대한 사랑." 그는 브리짓의 손목을 살며시 톡톡 두드리며 덧붙였다.

"아부하지 마."

"지금 누가 냉소적이죠?" 토니는 헉 하고 말했다.

"할머니가 나한테 준 거 봐." 벌린다가 자기가 좋아하는 레몬 셔벗 한 봉지를 들어 보였다.

"하나 줄까?" 벌린다가 엄마에게 물었다.

"엄마는 참, 사탕은 왜 줘요. 치아에 얼마나 안 좋은데." 브리짓이 버지니아에게 말했다.

"한 줌뿐인걸. 너도 어릴 때 이거 좋아했잖아."

"유모는 기겁하며 안 된다고 할 거야, 그치, 유모?" 브리짓은 유모가 차 쟁반을 들고 들어오는 것을 보고 얼른 그 기회를 이용했다.

"아, 그럼요." 유모는 사실 무슨 말이 오가는지도 모르고 말했다.

"사탕 먹으면 어린애들 충치 생기잖아." 브리짓이 말했다.

"사탕!" 유모는 드디어 표적에 조준을 맞추고 큰 소리로 말했다. "육아실에서는 일요일 외에는 사탕 금지예요!"

벌린다는 육아실에서 복도로 뛰쳐나가 "난 이제 육아실에 없어"라고 반복해서 말했다.

버지니아는 웃음을 감추려고 짐짓 손으로 입을 가렸다. "문제를 일으킬 생각은 없었는데."

"벌린다는 성격이 명랑해요." 유모는 브리짓이 딸의 반항심을 은근히 좋아하는 것을 보고 약삭빠르게 말했다.

버지니아는 벌린다를 따라 복도로 나갔다. 토니는 버지니아가 입은 모직 스커트를 비평의 눈으로 쳐다보았다. 멋이 없었다. 토니는 브리짓의 태도를 보고 버지니아를 깔보아도 된다는 느낌이 들었다. 그렇다고 어머니에게 더 효성스럽지 못하다거나 어머니보다 월등하게 멋있지 않다고 브리짓을 깔보는 즐거움을 포기하지는 않았다.

"어머니 모시고 나가 새 스커트 좀 사 드려요." 토니가 넌지시 말했다.

"그 무슨 무례한 말이야." 브리짓이 말했다.

브리짓의 분노에서 약점 냄새가 났다. 토니는 그걸 놓치지 않고 "저 밤색 체크무늬를 보니 골치가 다 아파서요" 하고 고집을 세웠다.

"흉하기는 해." 브리짓은 인정했다.

유모가 차 두 잔과 자파 케이크 한 접시를 가져왔다.

"할머니가 사탕을 갖고 있을 거야." 벌린다가 육아실로 도로 들어오며 말했다. "그래서 내가 먹고 싶을 때 할머니한테 달라고 해야 해."

"우리 둘이 좋은 타협안이라고 생각했다." 버지니아가 설명했다.

"그리고 할머니가 저녁 먹기 전에 동화책 읽어 줄 거야." 벌린다가 말했다.

"참, 내가 엄마한테 말할 게 있었는데." 브리짓이 멍한 표정으로 말했다. "엄마는 보싱턴레인 집에 저녁 초대를 받았어요. 여자가 더 필요하다고 하도 안달복달해서 거절할 수가 없었어. 여기는 마거릿 공주 때문에 굉장히 숨 막힐 듯할 거야. 그러니 엄마는 그 집에 가 있는 게 훨씬 더 편할 거예요. 우리 이웃인데, 아주 좋은 사람들이에요."

"그래. 뭐, 내가 필요하다면야……"

"**괜찮죠**, 엄마?" 브리짓이 물었다.

"아 그럼." 버지니아가 대답했다.

"엄마한텐 그게 더 좋을 거 같았어요, 거기가 더 편할 거예요."

"그래, 아무렴, 더 편하겠지."

"내 말은, 엄마가 정 마음에 내키지 않으면 취소할 수도 있어요. 이제 와서 그러면 그 사람들이 노발대발하겠지만."

"아냐, 아냐. 가고 싶다, 지금 와서 취소하면 안 되지. 아주 좋은 사람들 같은데. 잠깐 실례할게." 버지니아는 자리에서 일어나 다른 방으로 통하는 문을 열며 말했다.

"내가 상황을 잘 처리했어?" 브리짓이 토니에게 물었다.

"오스카상감이에요."

"내가 박정하다고 생각되지 않아? 난 그냥 공주에다가 소니, 엄마까지 모두 한꺼번에 감당할 수 없을 것 같아서 그런 거야."

"잘했어요." 토니는 브리짓을 안심시켰다. "어차피 **다른** 두 사람 중 누구를 보싱턴레인 집에 보낸다는 건 말도 안 되는 거니까."

"알아, 하지만 난 엄마한테도 마음을 쓰고 있었거든."

"어머니는 분명히 거기가 더 좋으실 거예요. 어머니는 좋으신 분 같은데 별로……" 토니는 적절한 단어를 찾아 보았다. "…… 사교적이지 않죠?"

"응. 엄마는 마거릿 공주가 오는 문제로 무척 긴장하실 거야."

"할머니 화났어?" 벌린다가 다가와 엄마 옆에 앉으며 물었다.

"아니, 어째서?"

"할머니가 나갈 때 슬퍼 보였어."

"할머니는 얼굴이 누그러지면 그렇게 보여." 브리짓은 머리를 짜내 말했다.

버지니아는 카디건 소매에 손수건을 욱여넣으면서 육아실로 돌아왔다.

"잠깐 어느 방에 들어갔다 왔는데, 그 방에 내 가방이 있더구나." 버지니아는 쾌활하게 말했다. "거기가 내가 잘 방이니?"

"흠." 브리짓은 천천히 찻잔을 들어 조금씩 마시며 말했다. "죄송해요, 방이 좀 비좁아서. 하지만 어차피 하룻밤만 주무시면 될 텐데요 뭐."

"하룻밤만." 버지니아는 그 말을 따라 했다. 이틀이나 사흘 정도 머물고 싶었다.

"집이 완전히 꽉 찼어요. 그래서…… 모두 압박을 받고 있어요." 브리짓은 유모 앞이라 '하인'이란 말을 억누르고 쓰지 않았다. "아무튼, 나는 엄마가 벌린다 가까이 있고 싶어 할 거라고 생각했어요."

"응, 물론이지. 벌린다하고 야식을 먹을 수도 있고."

"야식을요?" 유모가 더 이상 참지 못하고 투덜투덜 말하기 시작했다. "내 육아실에선 안 됩니다!"

"난 여기가 벌린다의 육아실인 줄 알았는데요." 토니가 비꼬 듯 말했다.

"여기 책임자는 나예요." 유모는 헉 하고 말했다. "야식은 안 돼요."

브리짓은 기숙학교에 가기 전만 해도 어머니가 기운을 북돋아 주기 위해 야식을 해 주던 일이 생각났다. 어머니는 아버지 몰래 야식을 먹는 척했지만 브리짓은 나중에 아버지가 다 알고 있었을 뿐 아니라 케이크도 아버지가 직접 사 온 것이란 사실을 알게 되었다. 브리짓은 감상적인 추억을 한숨과 함께 쓸어 냈다. 그리고 집 앞에 자동차들이 도착하는 소리가 들려오자 소파에서 일어나 육아실 한쪽 구석의 작은 창문으로 가서 바깥을 기웃거렸다.

"어머나, 알랑투르 부부가 왔네. 난 어서 내려가서 인사해야겠어. 토니, 부탁인데 나 좀 도와줄래?"

"마거릿 공주를 맞이하기 전에 야회복부터 입고요." 토니가 말했다.

"내가 도와줄 건 없니?" 버지니아가 물었다.

"아뇨, 괜찮아요. 여기서 여행 가방이나 푸세요. 보싱턴레인 집에 갈 택시를 부를게요. 7시 30분쯤." 브리짓은 마거릿 공주가 그 시간에는 아직 술을 마시러 내려오지 않을 것이라고 추측했다. "물론 택시 요금은 내가 낼게요." 그녀가 덧붙였다.

어휴, 돈을 더 낭비하게 생겼네, 버지니아는 생각했다.

7

패트릭은 예약을 늦게 해서 리틀 소딩턴 하우스 호텔 별관에 들게 되었다. 호텔 측은 예약 확인 서신에 호텔 소개 책자를 보내왔다. 책자에 소개된 사진은 네 모서리에 기둥이 있는 침대와 커다란 대리석 벽난로가 있는 널찍한 방이었다. 둥글게 돌출된 창문으로는 아름다운 코츠월드 언덕이 내다보였다. 그러나 패트릭이 배정받은 방은 천장이 심하게 경사지고 채마밭이 내다보였다. 차를 만들 수 있게 완비된 주방 시설, 인스턴트커피 주머니, 작은 멸균 우유 팩을 갖춘 방이었다. 쓰레기통과 커튼, 침대보, 쿠션, 크리넥스 통을 아우르는 작은 꽃무늬가 자꾸 변하며 가물거리는 듯한 느낌을 주었다.

패트릭은 가방에서 야회복을 꺼내 침대 위에 놓고 그 옆에 벌렁 드러누웠다. 침대 옆 탁자의 유리 덮개 밑에 안내문이 있었다. "객실 손님께서는 식당에 미리 예약하셔서 실망하시는 일이 없기 바랍니다." 평생 실망하게 되는 사태를 피하기 위해 노력한 패트릭은 이 문구를 더 일찍 보지 못한 자신을 저주했다.

실망을 그만 겪을 방법이 없을까? 하지만 그의 정체성은 분열로 시작해서 계속해서 분열되는 듯한데 어떻게 견고한 입지를 찾을 수 있겠는가? 하지만 어쩌면 우리는 이 정체성 개념의 모형을 오인하는 것인지 모른다. 어쩌면 정체성이란 기초가 있어야 하는 건물이 아니라 어떤 중추적 지능에 의해 결합되어 있는 일련의 흉내인지도 모른다. 지능은 흉내 내는 각 주체의 과거를 알고서 평소 행동과 연기의 구분을 없애는 역할을 하는 것이리라.

"흉내 내기는 나로선 승인할 수 없는 습관입니다." 패트릭은 자기가 **뚱뚱이** 본인인 것처럼 배를 쑥 내밀고 어기적어기적 화장실로 가며 투덜거렸다. "그건 에스코피에 씨가 파멸하게 된 원인이었습니다······" 그는 말하다 멈추었다.

이즈음 패트릭이 빠져 있던 자기혐오는 말라리아 모기가 들끓는 정체된 습지와도 같았다. 그는 20대 초 극적인 분열을 동반한 비아냥거리는 배역들이 그리울 때가 있었다. 이 인물들을 불러들일 수는 있었지만 그들은 활기를 잃은 듯했다. 그는 복화술사의 인형이 되는 고통을 잊고 그 대신에 그 강렬함으로 불쾌함을 벌충하던 과거의 한 시기를 몹시 그리워하게 된 것이다.

이로 샤워용 젤 봉지를 뜯는데 〈자에는 자〉에 나오는 '죽음에 제약받지 마시오'라는 이상한 구절이 다시 생각났다. 삶의 진정한 가치를 알려면 삶을 단념해야 한다는 이 피상적이면서도 심오한 생각에는 일리가 있을지 모른다. 또 한편으로는 그런 건 없을지도 모른다. 그건 그렇고, 이 중추적 지능은 무엇일까, 도대체 얼마나 지능이 높을까? 패트릭은 앞서 시작한 생각의 타래를 풀면서 젤 봉지에서 초록색 점액을 짰다. 흩어진 경험의 구슬들을 하나로 엮는 실이 해석의 압력이 아니라면 무엇일까? 마지못해 억지로 벌린 인생의 목구멍으로 무엇이든 쑤셔 넣으면 그게 바로 인생의 의미다.

저 위대한 철학자 빅터 아이즌은 패트릭이 가장 필요로 할 때 어디 있지? 패트릭은 그 의심할 바 없이 훌륭한 『존재와 지식과 판단』(아니, 『사고와 지식과 판단』이었던가?)을 어떻게 뉴욕에 두고 올 수 있었을까? 아버지 유골을 가지러 뉴욕에 갔을 때 앤 아이즌이 아낌없이 준 책을 말이다.

패트릭은 최근 뉴욕에 갔을 때, 몇 년 전에 아버지 시신을 모셨던 장의사에 가 보았다. 그런데 건물이 기억하던 것과는 전혀 달랐다. 회색 석조 건물이었던 것이 은은한 갈색 벽돌로 바뀌어 있었다. 건물의 크기도 생각보다 무척 작았다. 호기심에 안으로 들어가 보았더니 바닥도 흑백 체크무늬 대리석이 아니었고 접

수 데스크도 있어야 할 자리에 없었다. 많이 바뀐 것 같았다. 그 렇더라도 크기는 정말 기억과 딴판이었다. 마치 어렸을 때 알던 장소가 오랜 시간이 흐른 뒤에는 작아 보이는 것처럼.

이상하게도 패트릭은 장의사에 대한 기억을 바꾸려 하지 않았다. 몇 년에 걸쳐 진화해 온 기억이 다시 방문해서 본 실제보다 더 마음을 끌었다. 이 기억은 그 실망스러웠던 건물 안에서 일어난 일들에 더 적합했다. 그는 언제까지나 해석하고자 하는 노력에 충실해야 한다. 그것은 흩어진 구슬을 꿰는 실과 같았다.

아무리 무의식적인 기억이라도 예전의 일, 한때 사연이 있었던 무엇이 다시 떠오르는 것이었을 뿐이다. 사연이 있기에는 너무나 덧없이 스쳐 지나가는 느낌에는 의미가 부여되지 않았다. 다시 방문한 뉴욕에서 어느 도로 공사장 옆을 지나가는데, 빨간 줄이 있는 흰 깔때기 같은 것이 차가운 대기에 스팀을 뿜어내고 있었다. 그것을 보고 향수를 느꼈고 거기엔 어떤 의의가 있는 것 같았지만 그게 영화나 책, 또는 실제 경험의 한 장면 때문이었는지 알 수 없이 그는 곧 의식 속 분명하지 않은 무언가에 집중했다. 그렇게 걸어가다 옛날에 한참 머물렀던 초라한 호텔 앞을 지나게 되어 문득 궁금해 건물 안으로 들어가 보았다. 그것은 더 이상 호텔이 아니었다. 그가 기억하던 것은 더 이상 존재하지 않았다. 그러나 그는 새로 단장한 로비는 아랑곳하지 않고 옛 기억을 떠올렸다. 언월도 모양의 넥타이핀을 한 이탈리아인 직원이 패트릭에게 당시 그의 여자 친구였던 나타샤를 창녀로 생각하고 호텔을 그 근거지로 삼는다는 혐의를 제기했던 일을 생각했다. 그리고 지쳐 충혈된 눈의 핏줄처럼 무언가에 긁힌 듯한 붉은 줄투성이였던 광란의 벽지를 또 생각했다.

허구가 기억에서 차지하는 충격적인 범위를 인정하고, 원래의 사실로는 그리 풍부히 표현하지 못하는 진실에 그 허구가 복종하기를 바랄 수밖에 그가 무엇을 할 수 있을까?

패트릭이 유년기의 대부분을 보낸 라코스트 집도 이제는 포도나무 몇 그루를 사이에 두고 교외 주택 지역이 들어섰다. 옛날 가구들은 전부 판매 처분되었고 불필요한 우물은 매립되었다. 무화과나무의 매끄러운 회색 껍질에 들러붙어 대비되던 매끄러운 연두색 청개구리들도 유독 물질에 오염되어 죽었거나 번식지를 빼앗겼는지 사라지고 없었다. 금이 간 테라스에 서서 고속도로를 달리는 자동차들의 엔진 소리에 귀를 기울이는 중에 패트릭은 석회암 산의 울퉁불퉁한 바위가 연기를 내며 온갖 얼굴 모양으로 변하는 환각을 일으켜 보려 했지만 그 모양들은 끝내 모습을 드러내지 않았다. 한편, 도마뱀붙이들은 여전히 천장이나 처마 밑에서 움직거렸다. 해결되지 않은 폭력의 미진은 언제나 느긋한 휴가철 분위기를 어지럽혔다, 엔진이 돌아가는 진동에 멀리 떨어진 마룻바닥의 술잔 술이 떨리듯이. 어떤 것들은 그의 기대를 결코 저버리지 않았다.

전화가 왔다. 패트릭은 서둘러 전화를 받았다. 상념이 끊기게 되어 반가웠다. 조니의 전화였다. 잘 도착했다며 8시 30분에 바에서 만나지 않겠냐고 했다. 패트릭은 좋다고 하고 상념의 쳇바퀴에서 벗어나 욕조 물을 틀었다.

욕조에서 나와 얼굴이 발그레하고 몸이 따뜻해진 데이비드 윈드폴은 야회복 바지를 입었다. 넓적다리 부분이 꼭 껴서 소시지처럼 팽팽했다. 입술 위와 이마에 송알송알 계속 땀이 맺혔다. 그는 거울을 보며 땀을 닦았다. 고혈압이 있는 하마 같아 보였어도 흡족한 기분이었다.

데이비드 윈드폴은 신디 스미스와 함께 저녁을 먹을 계획이었다. 신디는 세계적으로 섹시하고 매혹적인 여자로 유명했다. 그러나 데이비드는 매력적이고 세련되고, 또, 음, 영국인이기 때문에 주눅 들지 않았다. 윈드폴가는 몇 세기에 걸쳐 컴브리아주의 유지였다. 바로 그 지방에 스미스 양이 나타난 것이다. 데이비드는 너무 꼭 끼는 와이셔츠 단추를 벌써 땀을 흘리는 목까지 채우며 자신감을 되찾았다. 그의 아내는 버릇처럼 목둘레 45센티미터짜리 와이셔츠를 사다 주었다. 그 사이즈를 입을 수 있을 만큼 목살이 빠지기를 바랐던 것이다. 그는 아내의 짓궂은 버릇에 분한 마음이 들었기 때문에 아내가 아파서 함께 가지 못해 싸다고, 그리고 모든 게 잘되면, 그에게 배반당해 싸다는 것으로 생각을 정리했다.

데이비드는 아직 보싱턴레인 부인에게 저녁 식사 불참을 통보하지 않았다. 그는 나비넥타이를 목이 졸릴 정도로 꼭 매면서 가장 좋은 수습책은 파티에서 보싱턴레인 부인을 찾아 차가 고장 나서 못 갔다고 해명하는 것이라고 생각했다. 다만 신디와 호텔에서 저녁을 먹을 때 지인과 마주치지 않기만을 바랐다. 이 걱정을 이용해 객실에서 저녁을 먹자고 신디를 설득할 수 있을지도 모르겠다고 생각했다. 그의 생각은 쉼 없이 낙관적인 질주를 했다.

호텔 안내 책자에 광고된 근사한 객실을 차지한 사람은 신디 스미스였다. 호텔 측은 신디에게 그게 스위트룸이라고 했지만 응접실이 따로 없는 조금 큰 침실일 뿐이었다. 이 오래된 영국 집들은 정말 불편했다. 신디는 소니의 치틀리 집을 밖에서 찍은 사진밖에 보지 못했는데, 사진 속 집은 정말 커 보였다. 하지만 실내가 온돌식이고 많은 방에 따로 딸린 화장실이 있어야 할 텐데, 만일 그렇지 않다면 부유한 자립적 경제권을 가진 전 그레이브센드 백작 부인이 되겠다는 계획을 실행에 옮기고 싶지 않았다.

신디는 2년 내지 3년 멀리 내다보았다. 외모는 영원히 지속되지 않으며 신디는 아직 종교를 가질 생각이 없었다. 돈은 화장품과 내세 사이의 어딘가에서 차지할 수 있다면 좋은 절충안이었다. 뿐만 아니라 신디는 소니를 좋아했다. 정말로 좋아했다. 그는 매력적이었다. 외모는 안 그랬다, 전혀 안 그랬지만 귀족이기 때문에 매력적이었다. 구식 영화에서 느낄 수 있는 그런 매력이었다.

신디는 지난해 파리에서 다른 모델들을 모두 로티 호텔의 자기 방에 데려갔다. 그 스위트룸은 제대로 된 방이었다. 꽁무니를 뺀 두 사람을 제외한 모든 모델이 각자 오르가즘을 느끼는 척하는 놀이를 했는데, 신디가 최우수 연기자로 뽑혔다. 그들은 샴페인 병을 오스카상으로 가장하고 신디는 수상 소감을 밝히며 자기가 그 자리에 설 수 있게끔 해 준 모든 남자에게 감사한다고 했다. 그리고 어떻게 하면 소니와 결혼할 수 있을지를 깨닫고는 그만 소니의 이름을 언급해서 좀 난처했었다. 이크!

신디는 술이 너무 취한 나머지 자기 아버지에게도 감사한다고 말했다. 여자들이 모두 잠잠해지고 흥이 깨진 것을 보면 아마도 그것은 실수인 것 같았다.

패트릭은 조니가 도착하기 전에 내려가 바에서 페리에 물 한 잔을 시켰다. 가까운 테이블에 중년 남녀가 앉아 있었다. 그 외에 바에는 단 한 사람이 있을 뿐이었다. 얼굴이 불그레하고 야회복을 입은 남자로, 팔짱을 끼고 출입구 쪽을 바라보고 있었다.

소니 생일 파티에 갈 사람임이 분명했다.

패트릭은 마실 것을 가지고 한쪽 구석의 작은 벽감 책장으로 갔다. 책장을 구경하다 『실의에 잠긴 사람의 일기』라는 책에 시선이 멈추었다. 그 옆에는 『실의에 잠긴 사람의 일기 2』라는 책이 있었다. 마지막으로 같은 작가가 쓴 세 번째 책 『인생 즐기기』라는 책이 있었다. 시작부터 그렇게 전도유망했던 사람이 어떻게 『인생 즐기기』라는 책을 쓰게 되었을까?* 패트릭은 그 비위에 거슬리는 책을 꺼내 눈에 들어온 첫 문장을 읽었다. '진실로 갈매기의 비상은 안데스 산맥 못잖게 장엄하도다!'

"진실로." 패트릭은 중얼거렸다.

"야!"

"어, 조니, 왔구나." 패트릭은 책을 읽다가 고개를 쳐들었다. "방금 『인생 즐기기』라는 책을 발견했어."

"흥미롭군." 조니는 벽감 한쪽 끝에 앉으며 말했다.

"이거 방에 가져가서 내일 한번 읽어 봐야겠어. 내 인생을 구원해 줄지도 모르지. 뭐랄까, 난 사람들이 왜들 그렇게 행복에 집착하는지 모르겠어, 행복은 항상 요리조리 빠져나가잖아. 세상엔 기운 나게 해 주는 것들이 아주 많은데. 분노나 질투, 혐오, 그런 것들 말이야."

---

*　영국 작가 W. N. P. 바벨리언(본명은 브루스 프레더릭 커밍스, 1889~1919)의 책들이다.

"행복해지고 싶지 않아?" 조니가 물었다.

"뭐, 네가 **그렇게** 말한다면." 패트릭은 웃었다.

"아니, 정말로, 너도 다른 사람들과 다를 게 없잖아."

"까불지 마." 패트릭은 경고했다.

"식사 주문하시겠습니까, 손님?" 웨이터가 물었다.

"네." 조니가 메뉴를 받으며 대답하고 한 개는 웨이터 대신 벽 감 안쪽에 있는 패트릭에게 건넸다.

"난 웨이터가 '여기서 죽으시겠습니까?'라는 줄 알았어." 패트릭은 지난 30년 동안 비밀로 간직해 온 사실을 조니에게 고백하기로 마음먹은 터라 점점 더 뒤숭숭해졌다.

"그랬는지도. 메뉴나 보자."

"아마 오늘 밤 '젊은 사람'들은 약을 하겠지." 패트릭은 메뉴를 보며 한숨을 쉬었다.

"엑스터시. 그 중독성 없는 도취."

"나를 구식이라고 해도 좋아, 하지만 나는 중독성 없는 마약이라는 어감이 별로야." 패트릭은 호통치듯 말했다.

조니는 패트릭과 옛날에 하던 식의 가벼운 농담에 휘말린 기분이 들자 불만스러웠다. 지금 주고받는 말들은 조니로서는 끊어야 할 '옛날 일을 연상시키는 것들'이었다. 하지만 어쩌겠는가? 패트릭은 절친한 친구였으며 조니는 그가 비참한 기분에서 조금이라도 벗어나기를 바랐다.

"우리는 왜 이렇게 불평불만 분자가 됐을까?" 조니는 훈제 연어로 정하고 나서 물었다.

"나도 몰라." 패트릭은 거짓말했다. "양파 수프와 전통 영국 염소 치즈 샐러드 중 무엇으로 할지 결정을 못 하겠군. 어떤 정신 분석학자는 언젠가 내가 '우울증 위에 우울증'을 앓고 있다고 했어."

"뭐, 적어도 첫 번째 우울증은 해결했잖아." 조니는 메뉴를 덮으며 말했다.

"맞아." 패트릭은 웃었다. "스트라스부르의 반역자를 능가할 수는 없을 것 같아. 그의 마지막 요청은 자기가 총살형 집행 부대에 직접 발사 명령을 내릴 수 있게 해달라는 거였지. 세상에! 저 여자 좀 봐!"

"그 모델인데, 이름이 뭐더라."

"어, 맞아. 좋아, 이제 적어도 그림의 떡과 침대에서 뒹구는 생각에 집착할 수 있겠군. 집착은 우울증을 쫓아 버린다. 정신 역학 제3의 법칙이야." 패트릭이 말했다.

"나머지 법칙은 뭐야?"

"사람은 자기가 부당하게 취급한 자를 혐오한다, 그리고 불행의 피해자들을 경멸한다, 그리고…… 다른 건 저녁 먹으며 좀 더 생각해 볼게."

"난 불행의 피해자들을 경멸하지 않아." 조니가 말했다. "나는 불행에 전염성이 있다는 게 우려되지만, 은연중에라도 불행은 응보라고는 확신하지 않아."

"저 여자 좀 봐." 패트릭이 말했다. "발렌티노 드레스의 새장 속에서 발걸음을 옮기며 자연 서식지로 풀려나기를 갈망하고 있어."

"진정해." 조니가 말했다. "저 여자 석녀일지도 몰라."

"석녀라도 좋아." 패트릭이 말했다. "여자랑 잔 지가 하도 오래돼서 그게 뭔지 다 까먹었어. 그 짓이 목 밑으로 한참 내려가면 있는 그 회색 지대에서 행해진다는 것 말고는."

"회색이 아니잖아."

"흥, 거봐. 나는 그게 어떻게 생겼는지 기억도 못 하잖아. 하지만 가끔은 내 몸이 병이나 중독에 기반을 두지 않은 관계를 갖는 것도 좋겠다는 생각이 들어."

"일과 사랑은?" 조니가 물었다.

"나한테 일에 관해 묻는 건 공평하지 않잖아." 패트릭은 나무라듯 말했다. "그리고 사랑은 내가 경험한 바에 의하면 누군가 내 상심한 마음을 고쳐 줄 수 있다고 생각하면 흥분되는데, 나중에 그러지 못한다는 걸 알면 화가 나더라고. 그 과정에 어떤 경제 활동이 개입하고 마음을 찌르던 보석 박힌 단검은 무뎌 빠진 주머니칼로 대체되지."

"네 상심한 마음을 데비가 고쳐 줄 걸로 기대했어?"

"물론이야. 하지만 우리는 서로 돌아가며 붕대를 감아 주는 꼴이었지. 유감스럽게도 데비는 자기 차례였을 때 나보다 훨씬 더 금방 감아 주었어. 이제는 더 이상 누구를 탓하진 않아. 항상 주로 마땅히 나 자신을 탓할 뿐……" 패트릭은 말을 멈추었다. "누군가를 아는 일에, 또 나라는 사람이 어떤 사람인지 알리는 일에 그토록 많은 시간을 들이는데, 그렇게 알게 된 게 아무런 소용이 없게 된다는 건 그냥 슬픈 일이야."

"슬픈 게 쓰라린 것보다 더 나아?" 조니가 물었다.

"아주 약간." 패트릭이 대답했다. "쓰라린 느낌이 들기까지는 시간이 조금 걸렸어. 우리가 데이트할 때는 모든 게 분명히 보인다고 생각했지. 데비도 문제가 있고 나도 문제가 있지만 적어도 나는 내 문제가 어떤 것이지 안다, 라는 거였지."

"알아 봤자지." 조니가 말했다.

"그래." 패트릭은 한숨을 쉬었다. "사람은 인내가 숭고한 것인지 어리석은 것인지 너무 늦기 전에는 잘 몰라. 사람들은 대부분 누구 한 사람과 너무 오래 사귀는 것을 유감스럽게 생각하거나 너무 일찍 헤어지는 것을 유감스럽게 생각하거나 둘 중 하나야. 나는 동일한 대상에 대해 양쪽을 동시에 느낄 수 있어."

"축하해." 조니가 말했다.

패트릭은 우레와 같은 환호를 가라앉히듯이 양손을 들었다.

"그런데 상심한 이유는 뭐야?" 조니는 패트릭이 무방비 상태라는 느낌이 들어 물었다.

패트릭은 조니의 물음을 무시했다. "어떤 여자들은 마취제를 제공해 주지, 남자가 운이 좋으면 말이야. 그런데 어떤 여자들은 남자에게 스스로를 들여다보고 서투른 절개 수술을 할 거울을 주지. 하지만 대부분은 남자의 오래된 상처를 찢어 여는 일에 모든 시간을 바쳐." 패트릭은 페리에를 한 모금 마셨다. "야, 잘 들어, 내가 너한테 하고 싶은 말이 있어."

"테이블이 준비되었습니다, 손님." 웨이터가 기쁜 듯이 말했다. "이리로 따라 들어오십시오."

조니와 패트릭은 일어나 그를 따라 갈색 카펫이 깔린 식당으로 들어갔다. 햇빛을 받은 연어 그림과 보닛을 쓴 지주 아내들의 초상화가 벽에 걸려 있었다. 각 테이블에 한 개씩 놓인 분홍색 양초의 불꽃이 흔들거렸다.

패트릭은 나비넥타이를 느슨하게 하고 와이셔츠 제일 위 단추를 풀었다. 조니에게 어떻게 말하지? 누구에게든 어떻게 말하지? 하지만 아무에게도 말하지 않으면 영원히 고립되어 정신적 내분을 겪으며 살 것이다. 그는 거칠어 보이는 미래의 키 큰 풀밭 아래에 두려움과 습관의 철길이 놓여 있다는 것을 잘 알았다. 문득 온몸의 세포가 반응할 정도로 견딜 수 없었던 것은 과거가 그를 위해 준비해 둔 운명을 받들어 그 철길을 따라 고분고분 미끄러져 가는 것이었다, 그 길 대신 선택했더라면 좋았을 다른 모든 길들을 비통한 심정으로 바라보면서.

　그런데 그는 어떤 말로 그 이야기를 할 수 있을까? 그는 평생이 깊은 무언의 상태에서 주의를 돌리려고 말을 했다. 이 형언할 수 없는 감정. 그는 이것을 말로 나타내야 할 것이다. 어떻게 하면 시끄럽고 요령 없이 말하는 것을 피할 수 있을까? 어떻게 하면 죽어 가는 사람의 침실 밖 창문 아래에서 분별없이 시끄럽게 떠드는 아이들처럼 말하지 않을 수 있을까? 차라리 여자에게 털어놓는 것이 좋지 않을까? 그러면 모성의 배려에 휩쓸리거나 광란의 방사에 소모되기라도 하지 않을까? 그래, 그래, 그래. 아니면 정신과 의사에게 털어놓을까? 정신과 의사에게라면 거의 어쩔 수 없이 이 이야기를 제물처럼 바칠지 모른다, 자주 그런 유혹을 받고 그것을 물리치기는 했지만. 아니면 어머니에게라도. 제 자식은 불속에 떨어지는데도 에티오피아의 수많은 고아들을 구제하느라 바빴던 그 원거리 자선가 젤리비 부인* 같았던 어머니. 하지만 패트릭은 보수를 받지 않는 증인에게 털어놓고 싶었다. 돈도 섹스도 책망하는 일도 개입하지 않는 누군가에게, 그저 다른 인간에게. 그렇다면 웨이터에게 말해도 좋으리라. 적어도 그를 다시 보는 일은 없을 테니까.

　"너한테 해야 할 말이 있어." 패트릭은 자리에 앉아 음식을 주

---

*　찰스 디킨스의 『황폐한 집Bleak House』(1852)에서 자기 가족은 내팽개치고 아프리카 자선 사업에 열중했던 인물.

문한 뒤 또 그 말을 했다. 조니는 직감적으로 앞으로 몇 분 동안은 마시지도 먹지도 않는 게 좋겠다는 생각에 물 잔을 내려놓고 가만히 기다렸다.

"말하기 쑥스럽거나 그런 건 아니야." 패트릭은 중얼거리듯 말했다. "그보다는 네가 어떻게 할 수 없는 문제로 너한테 부담을 줄까 봐서 좀."

"어서 말해."

"내가 너한테 우리 부모님의 이혼에 대해서 말했잖아, 부모님이 늘 술에 취하고 폭력적이고 무책임했던 일…… 하지만 핵심은 그게 아니야. 내가 문제를 회피하고 말하지 않은 건 내가 다섯 살 때—"

"여기 있습니다, 손님." 웨이터가 과장된 동작으로 첫 번째 요리를 내려놓았다.

"고맙습니다." 조니가 말했다. "계속해."

패트릭은 웨이터가 가기를 기다렸다. 그는 최대한 간단하게 말해야 한다.

"내가 다섯 살 때 아버지가 나를 '학대'했어. 요즘엔 학대라는 말을 쓰라고 권장하지만—" 패트릭은 갑자기 말을 끊고 침묵에 빠졌다. 무심한 듯 말하려고 애썼는데 그 마음을 유지할 수 없었다. 평생 번쩍하고 튀어나오던 기억의 잭나이프 날이 다시 튀어나와 입을 막았다.

"'학대'라니, 무슨 말이야?" 조니는 머뭇거리며 물었다. 그렇게 묻는 중에 어쩐 일인지 그 답이 확연해졌다.

"나……" 패트릭은 말을 꺼내지 못했다. 파란 불사조 무늬의 쭈글쭈글한 침대보, 꼬리뼈 부근에 묻은 차가운 점액, 허둥지둥 지붕 위로 달아났던 일. 이것은 말할 준비가 되지 않은 기억이었다.

패트릭은 포크를 집어 들어 조심스럽고 세게 손목 아래쪽을 꾹 찔렀다. 현재로 돌아와 방치했던 대화의 책임을 이행할 것을 스스로 강요하고자 함이었다.

"그건……" 패트릭은 기억에 뒤흔들려 한숨을 쉬었다.

패트릭이 느릿하지만 유창한 말로 매번 고비를 넘기는 것을 보아 온 조니는 말을 잘하지 못하는 패트릭을 보고 깜짝 놀랐다. 그의 얼굴을 들여다보니 눈이 눈물로 흐려져 있었다. "미안하다." 조니는 중얼거리듯 말했다.

"누구도 다른 사람한테 그런 짓을 하면 안 되는데." 패트릭은 기어들어 가는 목소리로 말했다.

"더 필요한 거 없으십니까, 손님?" 쾌활한 웨이터가 물었다.

"이봐요, 우리 얘기 좀 하게 한 5분 동안 방해하지 말아 주겠어요?" 패트릭은 별안간 목소리를 되찾아 쏘아붙였다.

"죄송합니다, 손님." 웨이터가 능글맞게 말했다.

"이 빌어먹을 음악, 견딜 수가 없네." 패트릭은 공격적으로 식당을 훑어보며 말했다. 은은한 쇼팽 음악이 친근하게 들릴락 말락 했다.

"저 빌어먹을 음악, 아예 끄든가 확 크게 하든가 하지!" 패트릭은 으르렁거리듯 말했다. "무슨 학대냐고?" 그는 짜증을 내며 덧붙였다. "성적인 학대야."

"맙소사, 미안하다. 난 항상 네가 왜 그렇게 아버지를 증오하나 했어."

"그래, 그래서 그랬어. 처음엔 벌주는 것처럼 가장했어. 어떤 카프카적인 매력 같은 게 있었어. 죄가 무엇인지 명명되지 않았기 때문에 보편성과 강도를 띠었지."

"그 일이 계속됐어?"

"응, 응." 패트릭이 급히 말했다.

"이런 개자식!" 조니가 말했다.

"그건 오랜 세월 내가 해 온 말이야. 하지만 이젠 증오하기도 지쳤어. 계속 이런 식으로 살 수는 없어. 증오 때문에 그 일에 속박되는 건데, 나는 더 이상 어린애로 있고 싶지 않아." 분석하고 추측하는 습관으로 침묵에서 풀려난 패트릭은 다시 대화에 집중했다.

"세상이 반으로 쪼개졌겠구나." 조니가 말했다.

패트릭은 그 말의 정확성에 깜짝 놀랐다.

"응, 응. 바로 그랬던 것 같아. 근데 그걸 어떻게 알아?"

"뻔하잖아."

"뻔하단 말을 들으니 이상하군. 나한텐 늘 비밀스럽고 복잡해 보였는데." 패트릭은 말을 멈추었다. 그가 말하는 것은 자신에게는 무척 중요한 이야기였지만 그는 자기가 아직 전혀 다루지 않은, 분명히 표현할 수 없는 어떤 핵심이 있다는 생각이 들었다. 그의 지력은 더 많은 차이를 생성해 내거나 그 차이들의 특징을 더 잘 나타낼 뿐이었다.

"난 늘 진실이 나를 자유롭게 해 줄 것이라고 생각했어. 그런데 진실은 그냥 사람을 미치게 할 뿐이야."

"진실을 말하는 게 너를 자유롭게 해 줄지도."

"그럴지도. 하지만 자각 그 자체는 아무런 소용이 없어."

"그래도 그러면 좀 더 명료하게 괴로워할 수는 있지." 조니가 주장했다.

"어, 저런, 그건 절대 놓칠 수 없지."

"결국 고통을 더는 유일한 방법은 자신과 더 많은 거리를 두고 다른 무언가에 더 많은 애착을 가지는 거야."

"지금 나더러 취미를 가지라는 거야?" 패트릭이 웃었다. "바구니나 엮어 만들고 우편 가방이나 꿰매는 일 같은?"

"아니, 사실은, 바로 그 두 가지 일을 피할 방법이 있는지 생각하고 있었어." 조니가 말했다.

"내가 이 쓰라리고 불쾌한 정신 상태에서 풀려나면 뭐가 남지?" 패트릭은 이의를 제기했다.

"남는 건 별로 없겠지." 조니는 인정했다. "하지만 그 자리를 무엇으로 대신 채울 수 있을지 생각해 봐."

"현기증 나게 하는군…… 이상하게도 지난밤 〈자에는 자〉에서 자비라는 말을 들었는데, 그 말에는 어쩌면 쓰라리지도 거짓되지도 않은 어떤 수단이 있을지 모른다고 생각하게 하는 무언가가 있었어. 논쟁을 초월하는 무언가가. 하지만 그렇더라도 나는 그게 무엇인지 파악할 수가 없어. 내 머릿속에서 윙윙 돌아가는 강철 솔이 달린 회전 브러시가 지겹다는 게 내가 아는 전부야."

웨이터가 조용히 빈 접시를 치우는 동안 두 사람은 입을 다물었다. 패트릭은 자신의 인생에서 가장 비밀스럽고 수치스럽기도 한 진실을 남에게 말한다는 것이 그렇게 쉽다는 사실에 어리둥절했다. 그러나 불만스러웠다. 고백의 카타르시스는 없었다. 어쩌면 너무 추상적으로 말했는지도 모른다. 그가 말하는 '아버지'는 자신의 여러 정신적 장애의 집합을 가리키는 암호명이 되어 있었다. 아버지의 참모습은 잊고 있었다. 희끗희끗한 곱슬머리, 천식이 있는 가슴, 자부심이 강한 얼굴. 아버지는 말년에 평생 당신이 배신한 사람들의 사랑을 받으려고 몹시 서툰 노력을 기울였다.

엘리너가 마침내 이혼할 용기를 냈을 때 데이비드는 쇠퇴해지기 시작했다. 그는 자기가 고문하던 대상이 죽자 면목을 잃고, 잔인한 고문 속도를 좀 더 잘 조절하지 못한 것을 자책하며 죄의식과 자기 연민 사이에서 자맥질하는 고문자와도 같았다. 데이비드는 패트릭의 반항에 한층 더한 좌절을 겪었다. 패트릭은 여덟 살이 되던 해에 부모의 이혼에 고무되어 어느 날 아버지의 성적 폭행에 순응하기를 거부한 것이다. 하나의 장난감에서 한 인격체로 발돋움한 패트릭의 변화는 아버지에게 엄청난 충격을 주었다.

이 힘든 시기에 데이비드는 아그네스 병원에 입원한 니컬러스 프랫을 찾아갔다. 그는 네 번째 결혼에 실패한 뒤 고통스러운 장 수술을 받고 회복 중이었다. 이혼의 전망으로 마음이 크게 동요되었던 데이비드가 갔을 때 니컬러스는 침대에 비스듬히 누워 충직한 친구들이 밀반입한 샴페인을 마시고 있었다. 그리고 빌어먹을 여자들이란 믿을 만한 종자가 못 된다는 사실을 논하기에 급급했다.

"누가 내 요새를 디자인해 주었으면 좋겠어." 데이비드가 말했다. 엘리너는 그를 위해 라코스트 집에서 의외로 가까운 곳에 작은 집을 지어 주겠다고 제안했다. "다시는 이 염병할 세상을 내다보고 싶지 않네."

"충분히 이해합니다." 니컬러스의 말소리가 불분명했다. 수술 후 정신이 몽롱해서 그런지 목소리가 탁하고 말이 띄엄띄엄했다. "다만 이 염병할 세상의 문제는 거기에 살고 있는 염병할 사람들이죠. 저 편지지 좀 집어 주시겠어요?"

데이비드가 병원 규칙을 조롱하듯 시가를 피우며 방 안을 서성이는 동안, 아마추어 그림 실력으로 친구들을 놀라게 하기 좋아하는 니컬러스는 데이비드의 염세적 희열에 합당한 그림을 그렸다.

"그걸로 성가신 것들은 모두 차단해요." 니컬러스는 그림이 그려진 종이를 침대보 위에 휙 던졌다.

데이비드는 그것을 집어 들었다. 바깥으로 난 창문이 없는 오각형 집이었다. 니컬러스는 오각형 중앙을 안뜰로 만들고, 낮은 지붕보다 높게 치솟는 검은 불길 같은 삼나무 한 그루를 심어 시적인 분위기를 보탰다.

이 그림을 건네받은 건축가는 데이비드를 불쌍히 여겨 거실에서 바깥을 볼 수 있는 외닫이 창 하나를 냈다. 데이비드는 그 창의 덧창을 잠그고 《타임스》를 뭉쳐 덧창과 유리창 사이를 채운 다음 유리창을 닫고 그 위에 신문을 대고, 유독 가스로 확실하게 죽으려는 사람들이 선호하는 두꺼운 검정 테이프를 발랐다. 그는 엑상프로방스 근처에 사는 건축가를 처음 찾아갔을 때 농가를 개조한 건축가의 형편없는 집과 수영장에 녹조가 잔뜩 낀 것을 보고도 그를 해고하지 않은 자신을 저주했다. 그리고 마지막으로 커튼을 드리웠다. 그 집을 방문하는 사람은 드물었지만, 누가 어쩌다 커튼을 걷는 경우가 있더라도 방문객은 곧 데이비드의 분노를 보고 자신의 실수를 깨닫게 되었다.

삼나무는 잘 자라지 않았다. 니컬러스의 고상한 상상도에 대한 우울한 풍자이기라도 한 듯 회색 껍질이 벗어져 일어서고 몸통은 구부러져 몸부림쳤다. 니컬러스는 자기가 그 집을 디자인했으면서도 너무 바쁘다는 핑계로 한 번도 데이비드의 초청에 응하지 않았다. "데이비드 멜로즈는 요즘엔 재미가 없어." 니컬러스는 런던의 지인들에게 그렇게 말하곤 했지만, 그것은 데이비드가 처하게 된 정신질환 상태를 교양 있게 말한 것일 뿐이었다. 데이비드는 7년 동안 거의 밖에 나오지도 않고 침대에 누워 있기나 하며, 매일 밤 악몽을 꾸다 자기가 지르는 소리에 깨어나는 생활을 했다. 그의 아버지에게 물려받은 유일한 물품으로 이제는 팔꿈치가 해진 노랗고 하얀 플란넬 파자마만 입었다. 그나마도 그의 어머니가 아들이 장례를 치르고 빈손으로 가는 것을 못 보겠다 하여 너그럽게 나서서 그에게 준 것이었다. 데이비드가 가장 큰 열의를 가지고 할 수 있었던 것은 시가를 피우는 일이었다. 그것은 원래 그의 아버지가 권장해서 붙이게 된 습관이었으며, 한 세대가 다음 세대에게 숨을 가쁘게 쉬며 안기는 릴레이 배턴처럼 이제 다른 많은 불이익과 함께 패트릭에게 전달되었다. 데이비드는 집 밖으로 나갈 때 옷차림이 부랑자 같았다. 마르세유 근교의 대형 슈퍼마켓에 가서는 혼자 중얼거렸다. 겨울에는 선글라스를 끼고 집 안을 여기저기 서성거리기도 했다. 일본식 가운을 질질 끌며 파스티스 잔을 들고 돌아다니다 돈을 절약하기 위해 난방이 꺼져 있는지 확인하고 또 확인했다. 그를 완전히 미치지 않게 지켜 준 경멸은 이제 그를 거의 완전히 미치게 만들었다. 데이비드는 우울증에서 벗어났을 때 허깨비 같았다. 나아지지는 않고 약해졌을 뿐이었다. 그는 만에 하나 누구라도 들이닥치지 못하도록 디자인한 집인데도 사람들을 불러 머물게 하려 해 보았다.

패트릭은 사춘기 때 이 집에서 지냈다. 안뜰에 앉아 올리브 열매 씨를 지붕 너머로 던지며 시간을 보내기도 했다. 적어도 씨라도 자유로우라는 것이었다. 아버지와 벌인 논쟁들, 아니 논쟁들이라기보다는 끝없이 계속된 하나의 논쟁은, 패트릭이 아버지한테 방금 막 들은 말보다 더 근본적으로 모욕적인 말을 했을 때, 중대한 고비에 다다랐다. 자기는 점점 더 느리고 약해지지만 아들은 점점 더 빠르고 난폭해진다는 것을 의식한 데이비드는 호주머니에서 심장병 약통을 꺼내 류머티즘 통증에 시달리는 손에 몇 알 털어 냈다. 그리고 침울하게 작은 소리로 말했다. "너, 늙은 아버지한테 그게 무슨 말이냐?"

패트릭의 승리는 아버지가 심장마비로 곧 죽을 것이라는 자책감에 오염되었다. 그럼에도 그 후로는 사정이 예전과 같지 않았다. 패트릭이 상속에서 제외된 아버지에게 적은 수입으로 후

원금을 줌으로써 엘리너가 한때 그랬듯이 돈으로 그의 격을 떨어뜨릴 수 있게 되자 특히 더 그랬다. 그 시기가 끝나갈 무렵, 패트릭의 두려움은 대체로 연민에, 또한 '불쌍한 늙은 아버지'와 함께 있을 때의 따분함에 가렸다. 간혹 아버지와 허심탄회한 대화를 나누는 공상을 하기도 했지만 그와 함께 있기만 하면 그런 일은 절대로 없으리란 것이 분명해졌다. 그래도 여전히 무언가 빠진 느낌이 들었다. 조니에게 말하는 건 고사하고 스스로에게 시인하지 않은 무언가가.

조니는 곡식을 먹인 닭 요리를 거의 다 먹었다. 패트릭의 침묵을 존중해서 먹기만 했는데 패트릭이 다시 입을 열었다.

"자기 자식을 강간하는 아버지를 어떻게 볼 수 있을까?"

"네 아버지가 악하다기보다는 아픈 사람이었다고 생각하면 혹시 도움이 될지도." 조니는 기운 없는 목소리로 말했다. "어쩔 줄을 모르겠어. 정말 끔찍해."

"네가 제안한 것도 시도해 봤어. 하지만 악이란 게 병의 자축 행위가 아니라면 뭐지? 우리 아버지는 힘이 조금이라도 있을 때는 양심의 가책이나 자제심 같은 건 보이지 않았어. 버림받고 가난해졌을 때는 경멸과 병적인 정신 상태만 보였을 뿐이었고."

"너희 아버지의 행실은 악으로 보더라도 **아버지**란 인간은 아팠다고 볼 수 있을지도. 죄가 밉지 사람이 밉나 하는……" 조니는 변호하는 역할을 맡기가 내키지 않아 잠시 머뭇거렸다. "너희 아버지가 그랬던 건 네가 마약을 억제하지 못한 것과 다르지 않은 건지도 모르지."

"그래, 그래, 그럴지도. 하지만 마약을 해도 나는 남에게 해를 끼치진 않았어."

"그래? 그럼 데비는?"

"데비는 성인이잖아, 자기 의사대로 선택할 수 있는. 내가 데비를 좀 힘들게 하긴 했지. 모르겠어. 나로선 어떤 방향으로든 정전 협상을 하려고 해도, 막상 보면 이 협상할 수 없는 분노에 부딪치는 거야." 패트릭은 접시를 밀어 버리고 담배에 불을 붙였다. "나는 푸딩 안 먹을 건데, 너는?"

"나도. 그냥 커피나 마셔야지."

"커피 두 잔 주세요." 패트릭이 과장되게 입을 꼭 다물고 있는 웨이터에게 말했다. "미안합니다, 아까 딱딱거려서. 말하기 힘든 이야기를 하는 중이라서 그랬어요."

"저는 제가 할 일을 하고 있었을 뿐입니다." 웨이터가 말했다.

"그럼요." 패트릭이 말했다.

"용서할 수는 없는 건가?" 조니가 물었다.

"아, 아뇨, 그럴 만한 건 아니었습니다." 웨이터가 말했다.

"아니, 당신 말고요." 조니는 웃었다.

"죄송합니다, 저한테 그런 줄 알고." 웨이터는 커피를 가지러 갔다.

"너희 아버지 말이야."

"아니 뭐, 저 웃기지도 않는 웨이터가 나를 용서해 줄 수 있다면, 어떤 사면의 연쇄 반응인들 가능하지 않겠어? 하지만 복수로든 용서로든 엎지른 물을 주워 담지는 못해. 복수와 용서는 지엽적인 구경거리지. 그중 용서는 더 매력 없어. 용서는 박해자에게 부역하는 것을 의미하니까. 내가 보기엔 말이야, 십자가에 못 박혀 죽어 가는 사람들 마음속에 용서가 가장 중요한 부분을 차지했던 것 같지는 않아. 예수가 등장하기 전까지는 말이야. 그는 구세주 강박증을 보인 최초의 인간은 아니었지만 가장 성공했지. 아마 십자가형을 집행하며 잔인한 행동을 즐긴 자들은 정말 운이 좋았다고 생각했겠지. 그리고 희생자는 가해자를 용서해야 비로소 마음의 평안을 얻을 수 있다는 미신을 퍼뜨리기 시작했을 거야."

"넌 그게 심오한 영적인 진리일 수도 있다는 생각은 안 들어?"

패트릭은 볼을 불룩하게 부풀렸다. "그럴지도. 하지만 내가 보는 한, 그 일화의 목적은 용서의 영적인 이점을 제시하는 것인데, 실제론 우리가 신의 아들이라고 생각할 때의 심리적 이점을 제시한다는 거야."

"그럼 어떻게 자유로워져?"

"난들 아나. 당연하잖아. 알면 내가 벌써 말했겠지. 내 생각엔 자유는 진실을 말하는 것과 관련이 있는 것 같아. 그리고 나는 이제 그 일을 시작했을 뿐이고. 하지만 짐작건대 진실을 말하는 게 싫증 날 때가 오겠지. 그리고 그 지점은 네가 말하는 '자유'와 만나는 곳이 될 거고."

"그러니까 용서하기보다는 말로 해결해 보겠다는 거로군."

"응, 내가 노리는 건 서술의 노동이야. 이야기 치료법이 현대의 종교라면 서술의 노동은 그 정점일 거야." 패트릭은 유쾌하게 말했다.

"하지만 진실은 너희 아버지를 이해하는 것을 포함하잖아."

"나는 아버지를 이보다 더 잘 이해할 수는 없을 거야. 그리고 여전히 아버지가 나한테 한 짓이 싫어."

"물론 그렇겠지. 아마 '개자식'이란 말밖에는 할 말이 없을지도 몰라. 난 네가 이젠 증오하기도 지쳤다고 해서 딴 길을 모색했을 뿐이야."

"아무렴, 지쳤지. 하지만 지금 당장은 궁극적인 무관심 외에는 어떤 해방도 상상할 수가 없어."

"아니면 거리를 두거나. 영원히 무심할 수는 없겠지."

"그래, 거리를 두거나." 패트릭은 이때 자신의 단어 선택이 교정되는 것을 개의치 않았다. "무심이라는 말이 더 그럴듯해 보였어."

두 사람은 커피를 마셨다. 조니는 실제로 어떤 일이 있었는지

묻기에는 패트릭이 처음 그 일을 폭로한 시점에서 너무 멀리 떨어진 느낌이 들었다.

패트릭은 패트릭대로 말벌들이 쩍 갈라진 무화과를 갉아먹고 다섯 살 때의 자신의 모습을 미친 듯 내려다보는 경험의 땅을 이미 떠난 것은 아닌가 생각했다, 고백하는 거북함보다 훨씬 더 큰 거북함을 피하기 위하여. 그의 상상은 이교도의 남쪽 나라와 그곳에서 아버지에게 생겨난 부적절한 해방에 그 뿌리를 내리고 있었다. 그러나 대화는 영국의 거친 느릅나무 유령이 물방울을 흘리고 있는 코츠월드 지방에서 벗어나지 않았다. 패트릭이 장중한 몸짓과 함께 '나는 어둠에서 나온 이 무엇이 내 것이란 걸 인정해'라고 말할 기회는 사그라지고 그들의 대화는 윤리적 토론으로 끝났다.

"나한테 그런 것을 고백해 줘서 고맙다." 조니가 말했다.

"그렇게 캘리포니아인스러울 필요 없어, 내 얘기는 너한테 짐 밖에 안 될 테니까."

"너도 그렇게 영국인스러울 필요 없어. **나로선** 영광이지 뭐. 언제든 그 이야기를 또 하고 싶으면 나를 불러."

패트릭은 마음이 누그러지면서 잠시 한없는 설움이 복받쳐 올랐다. "우리 그럼 이제 이 거지 같은 파티에 가 볼까?"

그들은 함께 데이비드 윈드폴과 신디 스미스를 지나 식당에서 나갔다.

데이비드는 무언가를 설명하고 있었다. "예기치 못한 환율 파동이 발생하자 모두 미친 듯이 공황 상태에 빠졌어요. 나는 안 그랬지만. 왜냐하면 나는 소니의 클럽에서 소니와 거하게 한잔하며 점심을 먹고 있었기 때문이죠. 결국 가장 중요한 건, 다른 사람들이 모두 타격을 입는 동안 나는 아무것도 하지 않고 엄청난 돈을 벌었다는 겁니다. 사장님은 얼굴이 완전히 백지장이 됐죠."

"데이비드 씨는 사장님과 사이가 좋아요?" 신디는 사실 전혀 관심이 없으면서 물었다.

"물론이죠. 당신들 미국인들은 그런 걸 '내부 네트워킹'이라고 하지만 우리는 그걸 그냥 예절이라고 하죠."

"와!" 신디가 말했다.

"우리 따로 가는 게 좋겠다." 패트릭은 칵테일 바 앞을 지나가며 말했다. "나는 일찍 나올지도 몰라서."

"그래. 그럼 거기서 보자." 조니가 말했다.

8

소니의 측근 40명은 치틀리에서 파티가 시작되기 전에 함께 저녁을 먹고, '노란 방'으로 자리를 옮겼지만 마거릿 공주가 앉을 때까지 앉지 못하고 서성거렸다.

"하느님 믿어요, 니컬러스?" 브리짓이 마거릿 공주와 대화하는 중에 니컬러스 프랫을 끌어들이며 물었다.

니컬러스는 케케묵은 추문을 되살리기라도 하는 듯이 따분한 표정으로 눈을 위로 굴렸다.

"그보다 나는 하느님이 아직도 **우리** 인간을 믿느냐 하는 게 더 흥미로운데. 혹시 우리 인간 때문에 그 절대자 스승이 신경 쇠약에 걸리지는 않았을까? 어쨌든 비베스코가家의 어느 한 사람이 한 말로 기억되는데, 이런 말을 했지. '세상 물정에 밝은 사람에게 우주는 시외市外와 같다'*고."

"당신의 친구 비베스코가 한 말은 듣기 별로군요." 마거릿 공주가 코를 찡긋하며 말했다. "아니, 우주가 어떻게 시외 지역일 수 있죠? 바보 같은 말이야."

"제가 보기에 비베스코는 거창한 문제일수록 답을 내기 힘드니까 그만큼 사소할 수 있다는 것을 말하고자 한 듯합니다. 하지만 연회장에서 어디에 앉을까 하는 것처럼," 니컬러스는 이 대목에서 브리짓을 바라보고 눈썹을 추켜올렸다. "언뜻 사소해 보이는 문제들은 대단히 흥미롭지요."

"사람들은 참 이상하지 않아요? 나는 연회에서 어디에 앉을까 하는 게 전혀 흥미롭지 않은데." 공주는 거짓말했다. "게다가 여러분도 알겠지만, 우리 언니가 영국 국교회의 수장인데 내가 무신론적 견해를 좋아할 리 없죠. 사람들은 그런 말을 하면 자기들이 영리하다고 생각하지만 그건 겸손의 결여를 보여 줄 뿐이에요." 마거릿 공주는 비난하는 말로 니컬러스와 브리짓의 입을 다물게 만들고 위스키를 한 모금 마셨다. 그리고 "그게 증가하고 있는 것 같아요"라는 알쏭달쏭한 말을 했다.

---

*   영국 작가 엘리자베스 비베스코(1897~1945)는 영국 총리 허버트 애스퀴스의 딸로 런던 주재 루마니아의 귀족 외교관 안투안 비베스코와 결혼했다. 그녀는 그를 통해 마르셀 프루스트와 평생 친구가 되었다. 또한 비베스코 집안에 안투안과 사촌 지간인 작가 마르트 비베스코도 있었다. 이것은 원래 엘리자베스의 말인데, 니컬러스는 안투안의 말로 잘못 알고 있다.

"뭐가 말씀입니까, 마마?" 니컬러스가 물었다.

"아동 학대요. 지난 주말 NSPCC(전국아동학대방지협회) 모금 콘서트에 갔는데, 사람들이 그게 증가하고 있다고 하더군요." 공주가 말했다.

"어쩌면 그건 요즘 들어 더 사람들이 자기들 집안일을 밖으로 드러내는 경향이 있기 때문인지도 모르죠. 솔직히 저는 아동 학대에 대한 그 모든 법석보다 바로 그 경향이 훨씬 더 문제라고 봅니다. 아이들은 매일 밤 텔레비전에서 아동 학대에 대한 걸 보기 전까지는 자기들이 학대받고 있다는 걸 몰랐을 겁니다. 미국의 경우 이제는 잘못 기른 걸 가지고도 자기 부모를 고소하는 자녀들도 있는 것 같아요." 니컬러스가 말했다.

"그래요?" 공주는 킥킥 웃었다. "우리 어머니에게 말씀드려야겠군요, 아주 흥미로워하실 거예요."

니컬러스는 웃음을 터뜨렸다. "아니 농담이 아니라 진짜 제가 걱정하는 건 그 모든 아동 학대 문제가 아니라 놀랍게도 요즘 아이들이 너무 버릇없이 큰다는 겁니다."

"그러게. 끔찍하지 않아요?" 공주는 한숨을 쉬었다. "버릇이 아예 없는 애들이 갈수록 더 많이 보여요. 무서운 일이에요."

"네, 두려운 일입니다." 니컬러스가 맞장구쳤다.

"NSPCC 사람들이 말하던 건 **우리** 세계가 아니었던 것 같아요." 공주는 빛나는 자신의 교제 범위 안으로 너그러이 니컬러스를 받아들였다. "그런 현상은 실은 사회주의의 망상이 공허하다는 것을 보여 주죠. 사회주의자들은 돈만 쏟아부으면 모든 문제를 해결할 수 있으리라 생각했지만 그건 전혀 사실이 아니잖아요. 사람들은 가난했을지 몰라도 진정한 공동체를 이루며 살았기 때문에 행복했어요. 우리 어머니는 세계 대전 중 런던 대공습이 있었을 때 이스트엔드를 방문해, 외교관들에게서는 찾아보기 어려운 진정한 존엄성을 가진 사람들을 거기서 더 많이 보았다고 하셨어요."

"내 경험으론 아름다운 여자들은 모두 한꺼번에 나타나더군." 식당으로 가며 피터 폴록이 로빈 파커에게 말했다. "아주 오랫동안 기다린 뒤에 한꺼번에 도착하는 버스들처럼 말이야. 그렇다고 내가 버스를 기다린 적이 있다는 건 아니고. 워싱턴에서 있었던 그 영국 문화재청 행사 때는 예외였지만. 기억나?"

"응, 물론." 로빈 파커가 말했다. 알이 두꺼운 안경을 낀 그의 눈이 연푸른색 금붕어처럼 선명하게 보이는가 하면 흐릿해 보이기도 했다. "그들이 우리를 위해 런던 버스 같은 이층 버스를 대절해 주었지."

"어떤 사람들은 불필요한 짓이라며 뭐라 했지만, 나는 오랫동안 타 보지 못한 걸 봐서 아주 반가웠네." 피터가 말했다.

✂

토니 파울스는 재미있지만 하찮은 착상이 풍부한 사람이었
다. 오페라 극장에 가면 음악만 들리고 배우의 연기는 보이지
않는 칸막이 특별석이 있듯이 음악이 들리지도 연기가 보이지
도 않게 방음 장치가 되어 있고, 강력한 망원경으로 관객을 구
경하기만 하는 특별석이 있어야 한다고 했다.

공주는 즐겁게 웃었다. 토니의 여성스럽고 싱거운 무엇 덕분
에 긴장을 풀 수 있었지만, 금방 그에게서 떨어져 식탁 저쪽 끝
으로 가서 소니 옆에 앉았다.

"개인 디너파티의 손님은," 자크 드 알랑투르는 신중한 표정
으로 집게손가락을 꼽아 들며 말했다. "미의 여신보다는 많고
예술의 여신보다는 적은 게* 이상적이에요! 그런데 이것은" 하
고 양손을 앞으로 펼치면서 마치 말이 생각나지 않는 듯이 눈을
감았다가 뜨며 말을 맺었다. "이것은 정말 놀랍군요."

40명이 앉는 만찬 테이블을 보는 게 대사만큼 익숙한 사람은
그 자리에 별로 없었다. 브리짓은 예술의 여신이 몇 명인지 기
억을 더듬으며 그를 바라보고 환하게 웃었다.

★　예술의 여신은 제우스와 기억의 여신 므네모시네 사이에서 나온 딸 아홉 명이고 미
　의 여신은 세 명이다.

"소니 씨는 어느 정당을 지지하죠?" 마거릿 공주가 소니에게 물었다.

"보수당입니다, 마마." 소니는 자랑스럽게 말했다.

"그러리라 짐작했어요. 그런데 정치에 **참여**는 하세요? 나는 일만 잘하면 누가 정부 요직을 맡든 개의치 않아요. 우리가 무슨 수를 써서라도 피해야 할 건 이 자동차 와이퍼처럼 좌로 우로 좌로 우로 왔다 갔다 하는 거죠."

소니는 정치의 자동차 와이퍼라는 발상에 과도하게 웃었다.

"저는 지역 차원의 정치에만 관여하고 있습니다, 마마. 리틀 소딩턴 우회 도로 문제랄지 그런 것 말입니다. 여기저기 온통 보도가 생기지 않게 하려고 애를 쓰죠. 사람들은 전원 지대를 공장 일꾼들이 와서 사탕 포장지나 버리고 가는 무슨 거대한 공원으로 생각하는 것 같거든요. 그런데 여기에 사는 우리는 아무래도 생각이 좀 다르죠."

"누군가 책임지고 지역 차원의 일에 계속 신경 쓰는 것도 필요하지요." 마거릿 공주는 그를 두둔했다. "엉망이 되어 가는 지역들 중 아주 많은 곳들은 작고 외딴 지역들이에요. 엉망이 된 다음에야 비로소 그런 곳이 있었다는 걸 깨닫게 되는 것이죠. 차를 타고 지나가다 보면 예전에는 얼마나 아름다웠을까 하고 생각하게 돼요."

"백번 지당하신 말씀입니다, 마마."

"이거 사슴고기인가요? 소스가 탁해서 알 수가 없네."

"네, 사슴고기입니다." 소니는 불안한 기색을 보였다. "소스 때문에 정말 죄송합니다. 말씀하신 것처럼 아주 역겹군요." 그는 공주의 비서에게서 공주가 사슴고기를 좋아한다는 것을 확인한 사실을 떠올렸다.

"나는 리치먼드 공원에서 잡은 다마사슴 고기를 공급받아요." 공주는 새치름히 말했다. "그걸 받으려면 명단에 올라야 해요. 여왕님이 내게 '명단에 네 이름도 올려라' 하고 말씀하셨어요. 그래서 분부대로 했죠."

"정말 현명하십니다, 마마." 소니는 선웃음을 쳤다.

"사슴고기는 내가 유일하게 아-주 싫어하는 고기입니다." 자크 드 알랑투르는 캐럴라인 폴록에게 말했다. "하지만 외교적 분쟁을 일으키지 않기 위하여……" 그는 다 죽어 가는 과장된 표정을 지으며 한 조각 입에 넣었다. 캐럴라인은 나중에 그 이야기를 하며 그가 '좀 넘치게' 그랬다고 평했다.

"그거 맛있어요? 그거 사슴고기라오." 마거릿 공주는 바로 오른쪽 옆에 앉은 알랑투르 대사 쪽으로 몸을 약간 기울이고 물었다.

"물론입니다, 아주 홀-륭한 맛입니다, 마마." 대사가 말했다. "공주님의 나라에서 이런 요리를 맛볼 줄은 몰랐습니다. 소스 맛이 대단히 섬세합니다." 그는 눈을 가늘게 뜨고 섬세하다는 인상을 주었다.

공주는 영국을 '공주님의 나라'라고 하는 말을 듣는 희열에 소스에 대한 자신의 견해가 무색해지는 것을 허용했다. 그의 말을, 법적으로는 그렇지 않지만 그보다 훨씬 더 깊은 의미에서 이 나라는 자기 가족의 것이라는 공주 자신의 생각을 인정해 주는 것으로 받아들였기 때문이었다.

살기 좋은 나라 영국에서 생산된 사슴고기에 대한 애정을 보이려는 열망에서 그것에 감탄하는 과도한 몸짓으로 포크를 쳐들다가 공주의 푸른색 튈 드레스에 갈색의 번들거리는 소스 방울이 튀었다.

"경악스러워 몸 둘 바를 모르겠습니다!" 대사는 외교적 분쟁에 직면했다고 느끼며 외쳤다.

공주는 입을 꾹 다물고 입꼬리를 내리고는 아무런 말도 하지 않았다. 그리고 담배를 끼우려고 들고 있던 담뱃대를 내려놓더니 냅킨을 콕 집어 알랑투르 대사에게 건넸다.

"닦으시오!" 공주는 무섭도록 간단하게 명령했다.

대사는 의자를 뒤로 밀고 순순히 무릎 꿇고 앉아 냅킨에 물을 묻혔다. 대사가 드레스에 묻은 소스를 문질러 닦는 동안 공주는 담배에 불을 붙이고 소니에게 고개를 돌렸다.

"소스가 접시에 있을 때보다 더 싫을 수 없을 것 같더니." 공주는 짓궂게 말했다.

"소스는 파국적이었습니다." 소니의 얼굴은 더 많은 피가 몰려 거의 적갈색이 되었다. "어떻게 사죄드려야 할지 모르겠습니다, 마마."

"**그대가** 사과할 일은 아니죠." 공주가 말했다.

자클린 드 알랑투르는 남편이 프랑스의 존엄성과 상치되는 행동을 보이고 있는 것은 아닌가 하여 걱정스레 자리에서 일어나 테이블을 돌아 그쪽으로 갔다. 손님의 절반은 아무것도 모른 체했고 나머지는 그런 체할 생각이 없었다.

"내가 공주에게 감탄하는 것은 사람들 마음을 편안하게 해 준다는 것이지." 니컬러스 프랫이 말했다. 그는 테이블 반대쪽 끝에 브리짓과 나란히 앉아 있었다.

브리짓 오른쪽에 앉은 조지 와트퍼드는 프랫의 방해를 무시하고 안주인인 브리짓에게 계속해서 영연방의 목적을 설명했다.

"영연방은 전혀 있으나 마나 하죠." 조지 와트퍼드는 비탄에 젖은 듯 말했다. "공통점이 없어요, 우리의 빈곤 외에는. 그렇지만 영연방은 여왕께는 기쁨이죠." 그는 마거릿 공주 쪽을 흘긋 바라보고는 말을 덧붙였다. "그것으로 그것을 지킬 충분한 이유가 됩니다."

자클린은 여전히 무슨 일이 일어난 것인지 확실히 모른 채 남편이 테이블 아래 몸을 더 낮게 쭈그리고 미친 듯이 공주의 드레스를 냅킨으로 문지르는 것을 보고 경악했다.

"Mais tu es complètement cinglé아니, 당신 완전히 미쳤어!" 자클린은 화난 소리로 작게 말했다. 대사는 아우게이아스왕의 외양간을 청소하는 하인처럼 고개를 쳐들 여유도 없이 땀을 흘렸다.

"내가 용납될 수 없는 짓을 저질렀어! 이 훌-륭한 소스로 공주 마마의 드레스를 더럽혔어."

"아아, 마마, 제 남편은 서툴러요! 제가 대신 하겠습니다." 자클린은 여자 대 여자로 공주에게 말했다.

"나는 당신 남편 솜씨에 아주 만족하고 있어요. 당신 남편이 흘렸으니, 흘린 사람이 닦는 게 마땅해요! 사실 말이지 당신 남편은 진로를 벗어나지 않았더라면 세탁 일로 성공했을 걸 그랬소." 공주는 심술궂게 말했다.

"괜찮으시다면 저희가 새 드레스를 드리겠습니다, 마마." 자클린은 고양이가 가르랑거리듯 말했다. 손끝에서 짐승 발톱이 날카롭게 돋을 듯한 기분이었다. "여보, 자크, 그걸로 충분해요!" 자클린은 웃었다.

"여기 아직 한 군데 남았어요." 마거릿 공주는 무릎 상단에 작은 얼룩을 가리키며 명령조로 말했다.

대사는 머뭇거렸다.

"자, 어서, 닦아요!"

자크는 다시 물 잔의 물을 냅킨에 묻혀 재빠르고 작은 동작으로 얼룩을 공략했다.

"Ah, non, mais c'est vraiment insupportable^{아, 이럴 수가, 이건 정말 참을 수 없어.}" 자클린은 날카롭게 말했다.

"insupportable^{참을 수 없는}이라고?" 공주는 프랑스어의 비음을 섞어 말했다. "참을 수 없는 건, 이 구역질 나는 소스를 뒤집어쓰는 것이오. 내가 당신 남편은 성뿔 제임스 궁정*에 파견된 대사란 것을 상기시켜 줄 필요는 없을 것이오." 공주는 왠지 그게 마치 자기 하녀가 되는 것과 마찬가지라는 듯이 말했다.

자클린은 무릎을 살짝 굽혀 인사하고 자기 자리로 돌아가더니 핸드백을 집어 들고 성큼성큼 걸어 나갔다.

그러자 좌중은 물을 끼얹은 듯 조용했다.

"이런, 침묵이로군." 마거릿 공주가 언명했다. "나는 침묵에 찬성하지 않아요. 노엘이 여기 있다면 우리 모두 배꼽을 잡게 만들 텐데." 공주는 소니에게 고개를 돌리며 말했다.

"노엘이라뇨, 마마?" 소니는 명료하게 생각하지 못할 정도로 겁을 집어먹고 있었다.

"카워드, 바보 같긴." 공주가 대답했다. "노엘 카워드**는 몇

---

*　영국 왕궁의 공식 명칭으로, 각국 대사의 신임장을 받고 자국 외교 사절에게는 신임장을 주어 외국에 파견한다.

시간이고 사람들을 웃길 수 있었죠. 사람을 웃길 줄 아는 사람들이 정말 그리워요." 공주는 섬세한 동작으로 담배를 뻐끔거리며 말했다.

소니는 자기 식탁에 사슴고기가 있는 것을 보고 몹시 당황한데다 이제는 노엘이 그 자리에 없다는 사실에 화가 났다. 노엘이 저세상 사람이 된 지 오래되었는데도 소니는 낭패감을 주체하지 못했다. 공주가 구원의 손길을 뻗치지 않았더라면 이루 형언할 수 없는 우울에 빠졌을 것이다. 공주는 자신의 위엄을 행사하고 그렇게 극적으로 자기가 그곳에서 가장 중요한 인물이라는 사실을 모두에게 확인시키고 난 뒤라 기분이 대단히 좋았다.

"잘 기억이 안 나는데, 소니, 자식이 있소?" 공주가 잡담조로 말했다.

"네, 그렇습니다, 마마, 딸자식이 하나 있습니다."

"몇 살이죠?" 공주가 즐거운 듯이 물었다.

"믿기 힘들지만 이제 일곱 살일 겁니다. 머잖아 청바지를 입는 나이가 됩니다." 소니는 언짢은 듯 말했다.

"저런!" 공주는 거의 힘들이지 않고 얼굴 근육을 수축시켜 못마땅한 표정을 지으며 혀를 찼다. "청바지라니, 끔찍하지 않아요? 유니폼 같잖소. 게다가 많이 가렵고. 사람들은 왜 서로 똑같

★★ Noël Coward(1899~1973). 영국 극작가, 작곡가, 만능 엔터테이너.

아 보이고 싶어 하는지 도무지 알 수가 없어. 나는 안 그런데."

"지당하십니다, 마마." 소니가 말했다.

"우리 아이들이 그 나이가 되었을 때 '내가 제발 그 끔찍한 청바지는 입지 마라'라고 했더니 정말 분별 있게 초록색 바지를 사 왔어요."

"정말 분별 있습니다." 소니는 공주가 호의적으로 대하기로 한 것을 보고 이성을 잃을 정도로 고마웠다.

자클린은 5분 후에 돌아왔다. 현대 예절의 여류 명사가 말했듯이 자클린은 '어떤 생체 기능들은 다른 사람이 없는 데서 행해지는 게 가장 좋기 때문'에 자리를 비웠을 뿐이라는 인상을 주었으면 했다. 사실 자클린은 자기 방에서 미친 듯이 서성거리다가 결국 가벼운 행동이 분노를 보이는 것보다는 덜 굴욕적이리라는 마지못한 결론을 내렸다. 또한 남편이 외교적 분쟁을 가장 두려워하고 평생 영리하게 그런 일을 피해 왔다는 것을 알기 때문에 자클린은 서둘러 립스틱을 새로 바르고 경쾌한 걸음으로 남편에게 돌아왔다.

소니는 자클린이 돌아온 것을 보고 다시 걱정이 물밀 듯했다. 그러나 공주는 자클린을 완전히 무시하고 소니에게 '이 나라의 보통 사람들'에 대한 이야기를 해 주기 시작했다. 공주는 그들에게 '지대한 믿음'을 가지고 있었는데, 이는 그들의 삶에 대한 철저한 무지와 그들의 왕정주의 지지에 대한 전적인 신뢰에 기반을 둔 것이었다.

"한번은 택시를 탄 일이 있어요." 공주는 소니가 그 대담함에 경탄을 표하고 싶게 하는 어조로 말을 시작했다. 소니는 놀라움과 선망의 적절한 조합이 드러나기를 바라며 알맞게 눈썹을 추켜올렸다. "토니가 택시 운전사에게 '로열 가든 호텔 갑시다'라고 했어요. 알다시피 그건 우리 집 진입로 아래에 있지요. 그랬더니 운전사가—" 공주는 결정적인 말을 하려고 머리를 어색하게 흔들고 몸을 앞으로 약간 기울이더니 중국인에게는 런던 사투리로 오해되었을 말투로 말을 이었다. "'저는 공주님이 어디 사시는지 압니다'라고 했어요." 공주는 소니를 보고 씩 웃었다. "훌륭한 사람들 아니에요?" 공주는 시끄러운 고성으로 말했다. "경탄할 만하지 않아요?"

소니는 머리를 뒤로 젖히고 껄껄 웃었다. "정말 멋진 이야기입니다, 마마." 그는 헉헉거렸다. "정말 훌륭한 사람들이에요."

공주는 흡족한 기분이 되어 의자에 푹 기대앉았다. 그것은 자기가 집주인의 마음을 사로잡았고 저녁 행사에 황금의 손길을 베풀었다는 만족감이었다. 공주는 반대쪽 옆에 있는 이 어설픈 프랑스인을 그리 쉽게 곤경에서 벗어나게 해 줄 생각이 없었다. 어쨌든 여왕의 여동생 앞에서 실수를 한다는 건 사소한 문제가 아니었다. 군주제 자체는 왕권을 향한 경의에 기초하며 그 경의를 보존하는 것은 그녀의 의무였다, 그렇다, 그것은 **의무였다**

(오, 그러나 공주는 이따금 얼마나 그것을 벗어던지고 싶었는지 모른다! 실제로 이따금 그것을 벗어던졌지만, 그게 진심이라고 생각한 사람들을 더 혹독히 꾸짖었다). 그것은 사람들이 바보같이 굉장한 특권으로 생각하게끔 공주가 치러야 할 대가였다.

공주 옆의 대사는 망연자실해 보였다. 얼굴은 무표정해도 속으로는 평소에 공문서를 쓰는 사람답게 유창한 필력으로 본국 외무부에 보낼 보고서를 작성하고 있었다. 프랑스의 영광이 그의 작은 실수로 감소되지는 않았다. 사실상 거북한 분쟁이 되었을 수도 있는 상황에서 정중한 행동과 재치를 성공적으로 발휘했다는 보고 내용을 생각했다. 바로 이 지점에서 대사는 잠시 생각을 멈추고 그 일이 일어났을 때 어떤 재치 있는 말을 꺼낼 수 있었을까 생각했다.

알랑투르가 생각에 잠긴 동안 식당 문이 천천히 열리더니 벌린다가 흰 잠옷 차림에 맨발로 고개를 들이밀었다.

"어, 저기, 잠 못 이루는 어린 사람이 있네." 니컬러스의 굵은 목소리가 울렸다.

브리짓이 뒤돌아보니 벌린다가 애원하듯 식당 안을 들여다보고 있었다.

"저 아이는 누굽니까?" 공주가 소니에게 물었다.

"제 딸아이입니다, 마마." 소니는 브리짓을 노려보며 대답했다.

"아직도 안 자요? 자야죠. 자, 어서 데려가 이불을 잘 덮어 주시오!" 공주가 쏘아붙였다.

"이불을 잘 덮어 주시오"*라고 한 공주의 말을 듣고, 소니는 그 어투 때문인지 잠시 궁중 예의를 잊고 딸을 보호하고자 하는 욕구를 느꼈다. 그리고 다시 브리짓과 눈을 마주치려고 했으나 벌린다는 이미 식당 안으로 들어왔다.

"얘, 왜 아직도 안 자고 있어?" 브리짓이 물었다.

"잠이 안 와서. 사람들이 모두 여기 있으니까 외로웠어요."

"하지만 이건 어른들 저녁 식사야."

"누가 마거릿 공주님이에요?" 벌린다는 어머니의 설명을 무시하고 물었다.

"어머니더러 공주님께 소개시켜 달라고 하련?" 니컬러스가 점잖게 제안했다. "그러면 착한 아이처럼 잠자러 가야 해."

"네. 잠잘 때 누가 동화책 읽어 줄 수 있어요?"

"오늘 밤은 안 돼. 하지만 엄마가 너를 마거릿 공주님에게 소개시켜 줄게." 브리짓은 일어나 테이블 길이를 따라 걸어가 마거릿 공주 옆에서 허리를 약간 숙이고 딸을 소개시켜 줘도 되느냐고 물었다.

"아니, 지금은 안 되오, 그건 옳지 않아요." 공주가 말했다. "저

---

* '이불을 덮어 주다'라는 뜻의 tuck up에는 '교수형에 처하다'라는 뜻도 있다.

아이는 지금 자야 하는데, 너무 흥분되기만 할 거예요."

"지당하신 말씀입니다." 소니가 말했다. "정말이지, 여보, 아이를 빠져나오게 했으니 당신이 유모를 좀 야단처야겠어."

"내가 직접 데려다주고 올게요." 브리짓은 싸늘하게 말했다.

"옳지 착하지, 내 딸." 소니는 공주 앞에서 자기를 당황하게 만든 유모에게 극도로 화가 났다. 유모는 아무튼 그에게 완전한 실패를 안겨 주었다.

"내일 첼트넘 교구 주교가 오기로 했다니 듣던 중 반가운 말이군요." 공주는 모녀가 나가고 문이 닫히자 집주인에게 싱긋 웃으며 말했다.

"네. 전화를 했는데 아주 좋은 분 같았습니다."

"주교를 모른다는 말입니까?"

"마음은 굴뚝같은데 잘 알지 못합니다." 소니는 공주의 비난을 더 들을지 모른다는 생각에 현기증이 났다.

"주교는 성인이라오." 공주는 다정한 말투로 말했다. "나는 정말 주교가 성인이라고 생각해요. 훌륭한 학자이기도 하지요. 영어보다는 그리스어로 말하는 걸 더 즐거워한다고 들었어요. 놀랍지 않습니까?"

"제 그리스어 실력은 대화를 하기엔 녹이 좀 슬었습니다." 소니가 말했다.

"걱정 말아요. 주교는 세상에서 가장 겸손한 사람이라 그대를 당황하게 만들지 않을 테니까. 그저 그리스어로 무아지경에 빠진다는 것이지. 마음속으로 사도들과 마냥 잡담을 한다는 거 아닙니까. 그러다간 한참 있다가 주변을 의식한다니, 흥미롭지 않소?"

"놀랍습니다." 소니는 중얼거리듯 말했다.

"물론 찬송가를 부르지는 않겠죠." 공주가 말했다.

"하지만 공주님께서 원하시면 불러야죠." 소니는 항변했다.

"성찬식이잖소, 어리석기는. 그렇지 않으면 내가 제일 좋아하는 찬송가를 여러분 모두에게 부르게 했을 거요. 언제나 보면 사람들은 그걸 즐기는 것 같아, 토요일 만찬 후에 무언가 할 거리가 생기는 거지."

"어쨌든 오늘 밤 공주님이 안 계셨다면 그건 생각도 못 했을 겁니다."

"아아, 나도 모르겠소. 몇몇 사람씩 나누어 서재로 가면 좋겠군요." 공주는 더 깊은 친교를 제안함으로써 그에게 부여하는 영광이 어떤 것인지 의식하고 소니를 보며 활짝 웃었다. 공주는 마음만 먹으면 세상에서 가장 매력적인 여자가 될 수 있다는 사실에는 의심의 여지가 없었다.

"노엘하고 찬송가를 연습할 때는 정말 재미있었는데. 새로 말을 만들어 내면 포복절도하곤 했는데. 그래, 서재였다면 다소 아늑했을 것이오. 나는 큰 파티가 정말 **싫어**."

9

패트릭은 차 문을 쾅 닫고 하늘의 별을 올려다보았다. 어둠의 검고 푸른 팔다리에 난 선명한 주사 바늘 자국처럼 별들이 구름이 갈라진 틈으로 반짝였다. 그것을 보니 의료 문제들이 매우 사소한 것으로 여겨지고 겸허한 마음이 든다고 그는 생각했다.

진입로 양쪽에 설치된 촛불의 가로수는 주차장에서 집 앞의 넓은 원형 자갈 마당으로 이어졌다. 주랑현관이 있는 회색의 건물 정면은 연극 무대처럼 투광 조명등을 받아 밋밋해 보였다. 또한 오후에 내린 진눈깨비에 얼룩져서 젖은 판지와도 같았다.

휑한 응접실의 벽난로에 가득 쌓인 장작이 딱딱 소리를 내며 타고 있었다. 상기된 바텐더가 붓는 샴페인은 잔마다 가득 차올랐지만 거품이 꺼지면 술은 조금밖에 없었다. 패트릭은 응접실

뒤쪽에서 천막으로 연결되는 둥근 터널로 들어갔다. 사람들 목소리가 점점 더 커졌고, 그 가운데 웃음소리가 섞이기도 했다. 그 소리는 부서진 파도 조각이 바람에 채여 와 온 실내를 적시는 듯했다. 어색하게 어슬렁거리는 상황에서 벗어날 연애의 기회나 짓궂은 장난거리가 생기기를 기다리는 자신 없는 바보들로 꽉 찼으리라고 그는 단정했다. 패트릭은 터널에서 천막으로 들어가자마자 입구 바로 오른쪽 의자에 앉아 있는 조지 와트퍼드를 보았다.

"조지!"

"아니, 이런, 이게 누구야!" 조지는 힘들여 일어나느라 얼굴을 찡그렸다. "요즘엔 주변이 시끄러우면 아무 말도 들을 수가 없어서 여기 그냥 앉아 있었네."

"저는 인생이란 원래 조용히 절망하며 사는 건 줄 알았는데 그렇게들 떠드는군요." 패트릭은 큰 소리로 말했다.

"충분히 조용하지 않지." 조지는 힘없는 웃음을 지으며 큰 소리로 대답했다.

"어, 저기 니컬러스 씨가 있네요." 패트릭은 조지 옆에 앉으며 말했다.

"그래, 있지. 니컬러스로 말하자면 기쁨만 나눠야지 고뇌를 나눌 사람이 못 돼. 사실 나는 자네 아버지가 저 친구에게 열의를 보인 까닭을 모르겠어. 자네 아버지가 보고 싶네, 패트릭. 아주 똑똑한 사람이었는데 행복하지는 않았던 것 같아."

"전 요즘엔 아버지 생각을 거의 안 해요."

"그래, 무슨 좋아하는 일은 찾았나?"

"네, 하지만 경력이 될 만한 일은 아니에요."

"사람은 모름지기 사회에 공헌하려는 노력을 해야 해. 나는 뒤돌아보면 상원에서 한두 가지 법안을 통과시키는 일에 일조했다는 사실에 합리적인 만족을 느낀다네. 또 리치필드가 다음 세대로 지속되는 일을 돕기도 했지. 모든 즐거움과 유희가 사라졌을 때 붙들 것이라곤 그런 것들밖에 없다네. 인간은 누구도 섬과 같을 수는 없어. 물론 내가 아는 사람들 중에는 섬을 소유한 사람이 의외로 많지만. 정말 의외로 많더군, 스코틀랜드에만 그런 게 아니야. 아무튼 사람은 모름지기 사회에 공헌하려는 노력을 해야 해."

"옳으신 말씀입니다." 패트릭은 한숨을 쉬었다. 조지의 진심에 다소 주눅이 들었다. 그 순간 아버지가 겉보기에는 적의가 없이 당황스럽게 그의 팔을 움켜쥐고 당부한 말이 생각났다. "재능이 있으면 써라. 안 그러면 평생 불행할 거야."

"아, 저기 보게, 톰 찰스야, 저기 웨이터한테 술잔을 받고 있는 사람. 저 친구는 메인주에 굉장히 멋진 섬을 가지고 있지. 톰!" 조지가 소리쳐 불렀다. "우리를 봤는지 모르겠네. 한때는 IMF 총재였어, 대단히 어려운 상황을 최선을 다해 극복했지."

"저도 뉴욕에서 만난 적이 있습니다. 저희 아버지가 돌아가셨을 때 갔던 그 클럽에서 저분을 소개시켜 주셨잖아요."

"아, 그렇지, 참. 그때 우리는 모두 자네한테 무슨 일이 생겼나 했네. 자네가 우리를 버리고 가 버려서 우리끼리 그 지긋지긋한 친구 밸런타인 모건을 상대해야 했지."

"그때 감정을 주체하지 못했어요."

"지금 생각에 그때 나는 밸런타인 얘기를 또 들어야 하나 하는 두려움이 있었던 것 같네. 그 친구 아들이 여기 왔네. 좀 뭣하지만 시쳇말로 완전 지아비 판박이야. 톰!" 조지는 다시 소리쳐 불렀다.

톰 찰스는 뒤를 돌아다보았지만 자기를 부른 소리였는지 확신하지 못했다. 조지가 다시 손을 흔들었다. 톰이 그들을 발견했다. 세 사람은 서로 인사했다. 패트릭은 블러드하운드 같은 톰의 생김새를 알아보았다. 너무 이르게 노화하지만 그 상태로 끝까지 가는 얼굴, 그래서 20년 후에는 오히려 나이에 비해 젊어 보이는 그런 얼굴이었다.

"저녁 만찬에 대해서 들었네. 아주 좋았나 보던데." 톰이 말했다.

"그랬지." 조지가 말했다. "왕실 하위 귀족들은 좀 분발해야 하고, 우리 모두 이 어려운 시기에 여왕을 위해 기도해야 한다는 것을 그 만찬이 보여 줬다고 생각하네."

패트릭은 조지의 말이 농담이 아니었음을 깨달았다.

"해럴드의 만찬은 어땠나?" 조지가 물었다. "해럴드 그린은 독일에서 태어났네." 조지는 패트릭에게 그게 누구인지 설명해 주었다. "해럴드는 어렸을 때 히틀러 유겐트에 입단하고 싶어 했지. 유리창을 깨고 그 모든 신나는 제복을 입는 것, 그건 모든 어린 소년의 꿈이니까. 하지만 그 친구 아버지가 자기들은 유대인이기 때문에 그럴 수 없다고 말했다는 거야. 해럴드는 끝까지 그 실망감을 극복하지 못했지. 지금은 사실 유대 민족 운동의 탈을 쓴 반유대주의자라네."

"에이, 내 생각에 그건 공평하지 않아." 톰이 말했다.

"그래, 그런 거 같군." 조지가 말했다. "하지만 불공평할 수 없다면 이렇게 바보같이 고령에 달한 의미가 없잖아?"

"콜 총리가 걸프 전쟁이 터졌을 때 '굉장한 충격'을 받았다는 말을 한 것을 가지고 만찬에서 많은 이야기가 오갔네."

"가엾은 독일인들이 자기들이 그 전쟁을 일으키지 못해서 충격 먹었나 보군." 조지가 말참견했다.

"해럴드가 만찬에서 그러더군," 톰은 하던 말을 계속했다. "유엔은 '결정적인 순간에는 도무지 아무런 소용이 없는데' UNUC*라는 기구가 없는 게 놀랍다고."

★   유엔 기구처럼 보이는 이 약자를 읽으면 '내시'라는 뜻의 eunuch와 같다.

"내가 알고 싶은 건 말이야," 조지는 턱을 쑥 내밀며 말했다. "'산업 활동'이란 말이 파업을 의미하는 이 나라가 일본과 상대해서 어떤 승산이 있느냐는 것일세. 아무래도 난 너무 오래 산 것 같아. 나는 이 나라가 중요했을 때를 아직 기억하거든. 조금 전에 패트릭에게 '사람은 사회에 공헌해야 한다'는 말을 하고 있었네만." 조지는 예의 바르게 패트릭을 다시 대화에 끌어들였다. "이 안을 둘러보면 아무 일도 안 하고 빈둥거리며 더 사치스러운 휴가를 가기 위해 친족이 죽기만을 기다리는 자들이 너무 많아. 서글픈 일이지만 나만 해도 우리 며느리가 그런 사람들 중 하나지."

"탐욕스러운 것들." 톰이 으르렁거리듯 말했다. "그런 자들은 그런 휴가를 가려면 서두르는 게 좋을 거야. 어떤 종교적인 것에 기반을 두었다면 모를까, 내가 보기엔 은행 시스템이 버티지 못하고 있으니까."

"통화는 언제나 맹목적 믿음에 의지했지." 조지가 말했다.

"하지만 이런 적은 한 번도 없었네." 톰이 말했다. "그렇게 많은 사람들이 그렇게 적은 사람들에게 그렇게 많은 빚을 진 경우는 없었어."

"나는 이제 그런 일에 관심을 갖기엔 너무 늦었어." 조지가 말했다. "나는 말이야, 내가 천국에 간다면, 나라고 못 갈 이유가 없잖은가, 아무튼 그러면 내 집사였던 킹이 거기에 있으면 좋겠어."

"그 집사에게 여행 짐을 부리게 하시려고요?" 패트릭이 말했
다.

"아니, 그럴 리가. 여기서도 집사는 그런 일을 할 만큼 했는걸.
어쨌거나 천국에는 짐을 가지고 가지 않는 것 같은데, 안 그런
가? 짐도 없는 완벽한 주말 휴가 같을 게 틀림없어."

소니는 손님들이 들어오며 인사하지 않을 수 없게 항구 앞에
솟은 바위처럼 입구 가까이에 떡 버티고 서 있었다.

"이거 대단히 멋집니다." 자크 드 알랑투르는 양손을 펼쳐 천
막 전체를 가리키며 은밀한 어조로 말했다. 마치 이 손짓에 맞
추기라도 한 듯 천막 저쪽 끝의 빅밴드가 음악을 연주하기 시작
했다.

"뭘요, 그냥 최선을 다할 뿐입니다." 소니는 거드름을 피우며
말했다.

"'현재는 항상 옆모습만 보이고 과거는 정면을 고스란히 다
보여 주는 이 풍요로이 복잡한 영국 사회'라는 말, 헨리 제임스
가 한 말이던가요?" 대사는 그게 헨리 제임스가 한 말이란 것을
아주 잘 알았을 뿐 아니라 비서가 그를 위해 찾아낸 이 인용구
를 파리에서 출발하기 전에 여러 번 연습했다.

"프랑스 작가들 말을 나한테 인용해 보았자 소용없습니다."

소니가 말했다. "너무 어려워요. 하지만, 네, 영국인의 삶은 풍요하고 복잡합니다. 이 모든 세금들이 집 구조 자체를 갉아 먹고 있어서 과거처럼 그리 풍요롭지는 않지만 말입니다."

"아!" 알랑투르 대사는 동정의 한숨을 쉬었다. "그럼에도 오늘 밤은 '태연한 척'하시는 거로군요."

"사실 곤란했던 적이 좀 있었어요." 소니는 그에게 실토했다. "브리짓이 우리가 아는 사람이 없기라도 한 듯이 터무니없게도 어느 순간 생각이 발동해서 어중이떠중이 다 초대했답니다. 가령 저기 저 작은 인도 사람 말입니다. 조녀선 크로이든 전기를 쓰고 있죠. 크로이든이 저희 선친에게 보낸 편지를 보여 달라며 찾아왔는데 그전엔 한 번도 본 적이 없는 사람입니다. 그런데 나 참 기가 막혀서, 점심을 먹는 자리에서 브리짓이 저 사람을 이 파티에 초대했지 뭡니까! 좀 뭣하지만, 그래서 나중에 아내한테 화를 냈죠. 하지만 브리짓이 정말 좀 과했어요."

"여어, 여보게, 저녁 식사는 어땠나?" 니컬러스가 알리 몬터규에게 말했다.

"전형적인 **상류 티 나는** 것이었지." 알리가 말했다.

"오, 저런. 우리의 만찬은 tous ce qu'il y a de plus chic기막히게 멋졌네. '무신론적 견해'를 피력했다고 마거릿 공주한테 된통 혼난 것 외에는."

"그런 상황이라면 나라도 종교적 회심을 할지 모르겠군. 하지만 그렇게 되면 내가 위선자가 될 테니 곧장 지옥에 떨어질 거야."

"한 가지 내가 확신하는 게 있는데, 그건 만일 하느님이 존재하지 않는다 해도 아무도 그 차이를 알아차리지 못할 거란 사실이야." 니컬러스는 유쾌한 태도로 말했다.

"참, 조금 전에 노인 둘의 얘기를 엿들으며 자네 생각이 났네. 둘 다 여러 번 승마 사고를 겪었다는 이야기 같았어. 한 노인이 '책을 쓸까 생각 중이야'라고 하니까 다른 노인이 '아주 좋은 생각이야'라고 하더군. 작가 지망생 노인이 '사람은 누구나 책 한 권 분량의 이야기는 가지고 있다고 하지'라고 하니까, 그 친구가 '음, 그럼 나도 한번 써 볼까'라고 하더군. 그러니까 '내 생각을 훔치는 건가'라고 먼저 노인이 정말 상당히 화를 내더군. 그때 나는 자네가 쓴다는 책이 어떻게 되어 가나 하는 생각을 했어. 어때, 지금쯤은 거의 완성되었겠지?"

"나처럼 스릴 만점인 인생을 살면 자서전을 끝내기가 매우 어려운 법이야." 니컬러스는 비꼬는 투로 말했다. "책에 넣을 재미있는 정보를 계속 새로 발견하게 되니까, 방금 자네가 한 말 같은 걸 포함해서 말이야."

"근친상간에는 반드시 협동의 요소가 있지." 키티 해로는 다 안다는 듯이 말했다. "나도 그게 굉장히 터부시되어야 한다는 거 알아. 하지만 그건 물론 늘 있어 온 일이야. 때로는 다름 아닌 명문가에서도 행해졌지." 키티는 작은 이마 위로 높이 솟은 푸른빛 도는 백발의 절벽을 흐뭇하게 만지며 덧붙였다. "우리 아버지가 내 방 밖에서 화난 소리로 낮게 말하던 생각이 나는군. '넌 정말 가망이 없구나, 성적인 상상력이 없어'라고 말이야."

"저런 세상에!" 로빈 파커가 말했다.

"우리 아버지는 멋진 분이셨어, 아주 매력적이셨지." 키티는 이 말을 하며 어깨를 빙빙 돌렸다. "모든 사람들이 아버지를 무척 좋아했지. 그러니까 나는, 그게 뭔지 **알고** 하는 얘기란 거야. 자식들은 굉장한 성적인 감정을 표출해. 부모를 유혹하려는 시도인 것이지. 프로이트가 그랬다더군, 나는 프로이트 책을 읽은 게 없지만 말이야. 우리 아들이 늘 제 작은 고추가 발기한 걸 내게 보여 주던 기억이 나네. 나는 부모들이 그런 상황을 악용하면 안 된다고 생각하지만 사람들이 자기도 모르게 어떻게 해서 그런 것에 정신이 빠지는지 알 수 있을 것 같아, 특히 좁은 공간에서 여러 명이 겹쳐 자듯 하는 환경에서는 더 그럴 거야."

"오늘 아들도 왔어?" 로빈 파커가 물었다.

"아니, 지금 오스트레일리아에 있어." 키티는 슬픈 듯이 대답했다. "여기 와서 농장을 운영해 달라고 사정을 해도 오스트레일리아 양들에 미쳐 가지고는. 퍼거스한테 두 번 갔었는데 비행기 타는 일이 너무 힘들어. 그리고 거기 가서는 그런 생활 방식이 나한텐 별로더라고. 자욱한 바비큐 연기에 둘러싸여 양털 깎는 사람의 아내 옆에서 지루해 죽을 지경이었지. 퍼거스가 나를 바다에 데려가서 스노클링을 하게 한 일이 있는데, 그 그레이트 배리어 리프 산호초보다 추한 건 본 적이 없다는 것밖에 할 말이 없어. 그건 최악의 악몽이야, 그 끔찍하게 요란한 색깔들, 공작새 같은 푸른색들, 견딜 수 없이 흉한 주황색들이 온통 뒤죽박죽인 것도 모자라 물안경에 물이 새어 들어왔지."

"여왕께서 불과 얼마 전에 런던의 부동산 가격이 너무 올라서 버킹엄 궁전이 없었더라면 어떻게 했을지 모르겠다고 하셨어요." 마거릿 공주는 동정하는 눈빛으로 듣고 있는 피터 폴록에게 말했다.

"잘 지내?" 니컬러스가 패트릭에게 물었다.

"술 마시고 싶어 죽겠어요."

"그거 참 안됐군." 니컬러스는 하품했다. "나는 헤로인에 중독된 적은 없지만, 담배를 끊어야 했는데 아주 힘들었네. 어, 저 보게, 마거릿 공주가 저기 있군. 공주한테 걸리지 않게 조심해야 해. 자네도 만찬 자리에서 무슨 일이 있었는지 들었겠지?"

"외교 분쟁 이야기요?"

"그래."

"아주 충격적입니다." 패트릭은 근엄하게 말했다.

"사실 나는 마거릿 공주가 감탄스러워." 니컬러스는 은혜라도 베푸는 듯이 공주를 한 번 쓱 쳐다보고 말했다. "공주는 사소한 돌발 사고를 가지고 대사에게서 최대한의 굴욕을 짜냈지. 누군가는 나서서 알츠하이머병 시기에 접어든 우리 나라의 자존심을 세워야 하는데, 공주보다 더한 확신에 차서 그 일을 하는 사람은 없어. 조심하게." 니컬러스는 좀 더 위축감을 주는 어조로 말했다. "나는 런던으로 돌아갈 때 대사의 차를 얻어 타야 해, 그래서 entre nous우리끼리 얘기네만, 비시 정부 이후로 프랑스가 그렇게 영웅적으로 대표된 적은 없을 거야. 자크 드 알랑투르가 미끄러지듯 무릎 꿇는 걸 자네도 봤어야 하는데. 나는 그의 아내를 아주 좋아해. 그 모든 허울뿐인 기품을 벗기면 정말 악의적인 사람이지만 함께 놀면 아주 재미있지. 하지만 자크는 말이야, 나는 항상 그가 좀 바보 같다고 생각했네."

"대사에게 직접 말하세요." 패트릭은 대사가 뒤에서 다가오는 것을 보고 말했다.

"Mon cher친애하는 자크, 어서 오시오." 니컬러스는 살짝 돌아서며 말했다. "아까 정말 대처를 잘했습니다! 저 성가신 여자를 다룬 방식은 흠잡을 데가 없어요. 그 터무니없는 요구에 굴복함으로써 그 요구가 얼마나 터무니없는지 잘 보여 주었습니다. 내

젊은 친구 패트릭 멜로즈를 아시오? 이 친구 아버지는 내 절친한 친구였습니다."

"르네 볼링거는 천국 같았는데." 공주는 한숨을 쉬었다. "정말 훌륭한 대사였지, 우리 모두 볼링거를 정말 좋아했어요, 그만큼 더 저 두 사람의 범용함을 견디기 힘들어." 공주는 담배 든 손을 알랑투르 부부 쪽을 향해 휘두르며 말했다. 패트릭은 알랑투르 부부에게 인사하며 떠나고 있었다.

"우리가 니컬러스 씨의 젊은 친구를 쫓아 버린 건 아닌지 모르겠네요. 아주 불안해 보이던데." 자클린이 말했다.

"나는 다양성을 열렬히 옹호하는 사람이지만 우리는 저 친구가 없어도 됩니다." 니컬러스가 말했다.

"니컬러스 씨가요?" 자클린은 웃었다.

"물론이죠. 나는 사람은 모름지기 최대한 다양한 범주의 사람들을 알아야 한다고 굳게 믿습니다. 이 나라의 군주로부터 가장 낮은 준남작에 이르기까지. 물론 슈퍼스타도 약간 있어야죠." 니컬러스는 일류 요리사가 어느 드물고 자극적인 양념을 소개하듯 덧붙였다. "그들이 필연적인 블랙홀로 빨려 들어가기 전에 말입니다."

"아유, 너무 웃겨요." 자클린은 니컬러스의 말재주가 즐거웠다.

"단순한 이름보다 작위가 있는 게 더 나아요. 물론 잘 아시겠지만, 이 점에 대해서는 프루스트가 아무 훌륭한 말을 했죠. 즉, 아무리 상류라도 평민이라면 금방 잊히지만, 고명한 작위를 지닌 사람들은, 적어도 후손들이 보기에는, 불멸을 보장받는다는 것이죠."

"하지만 작위가 없어도 역사적으로 굉장히 재미있는 사람들이 있어 왔죠." 자클린은 약간 흐느적거리며 말했다.

"저런! 그들이 없으면 우리는 어쩌죠?" 니컬러스는 자클린의 팔뚝을 꽉 잡으며 말했다.

그들은 관대하고 개방적인 사람으로 보이고자 하는 바로 그 욕구에서 잠시 해방되어 우월 의식을 가진 두 속물로서 악의 없는 웃음을 웃었다. 그 욕구는 니컬러스가 여전히 '현대 생활'이라고 부르는 무엇을 훼손했다. 그렇다고 그가 다른 종류의 생활을 경험해 본 적이 있었던 것은 아니다.

"왕족이 우리 쪽으로 오고 있는 것 같은데요." 자크가 불편한 기색이 되어 말했다. "이럴 때의 외교 방침은 파티의 깊이를 탐사하러 가는 것입니다."

"친애하는 대사님이야말로 이 파티의 깊이시죠. 그러나 공감합니다. 더 이상 저 어리석은 여자의 건방진 태도에 노출되지 않는 게 좋죠." 니컬러스가 말했다.

"Au revoir안녕." 자클린이 속삭이듯 말했다.

"A bientôt또 봅시다." 자크가 말했다. 알랑투르 부부는 그들이 부과했던 매력의 짐을 거두어 그에게서 물러나 제각기 다른 곳으로 가져갔다.

니컬러스가 알랑투르 부부를 잃은 상실감에서 회복하기 무섭게 마거릿 공주와 키티 해로가 옆으로 다가왔다.

"적과 사귀고 있군요." 공주가 얼굴을 찌푸렸다.

"저들은 제 동정을 구하러 왔던 겁니다, 마마." 니컬러스는 분연히 말했다. "하지만 제가 번지수를 잘못 찾았다고 했죠. 대사에게 서투른 바보 같다고 지적해 주었습니다. 그리고 그 어리석은 아내에게는 건방진 행동은 오늘 밤 그것으로 족하다고도 했습니다."

"오, 그랬어요?" 공주는 상냥하게 웃으며 말했다.

"잘하셨어요." 키티가 끼어들었다.

"보시다시피 저들은 기가 죽어 꼬리를 내리고 살며시 도망쳤습니다. 대사가 '제가 저자세를 취하는 게 좋겠습니다'라고 해서 제가 '그렇잖아도 이미 저자세를 취하고 계신걸요'라고 했습니다."

"오, 훌륭해요." 공주가 말했다. "경의 독설을 잘 활용했구려, 잘했어요."

"이 일화는 당신 책에 인용되겠네요." 키티가 말했다. "니컬러스가 우리를 어떻게 기록할지 겁나 죽겠어요, 마마."

"나도 들어가오?" 공주가 물었다.

"당치도 않습니다, 마마, 저는 그럴 만큼 분별이 없지 않습니다." 니컬러스는 항변했다.

"나에 대해 좋은 말만 한다면 내 이야기를 해도 좋소." 공주가 말했다.

"네가 다섯 살 때 일이 기억나. 아주 귀여웠는데, 좀 쌀쌀맞긴 했지만." 브리짓이 말했다.

"왜 그랬는지 짐작이 안 가요." 패트릭이 말했다. "나는 부인이 우리 집에 도착했을 때 테라스에서 무릎 꿇은 것을 본 기억이 나요. 나무 뒤에 숨어서 보고 있었어요."

"앗, 그랬지!" 브리짓은 비명 지르듯 말했다. "어머나, 그걸 까맣게 잊고 있었어."

"그때 뭘 하시는 걸까 도무지 알 수가 없었어요."

"충격적이었어."

"저는 충격받지 않아요."

"좋아, 정말 알고 싶다면 말해 주지. 니컬러스가 너희 부모님이 그랬다고 했어. 너희 아버지가 어머니한테 땅바닥에 떨어진 무화과를 줍지 말고 먹으라고 했다는 거야. 그래서 내가 그만 장난기가 발동해서 니컬러스가 말해 준 대로 재연해 본 거였어.

니컬러스는 그 일로 내게 무척 화를 냈지."

"우리 부모님이 재미있게 놀기도 하셨다는 생각을 하니 좋군요."

"내 생각에 그건 지배력과 관련된 거였어." 브리짓은 좀처럼 심오한 심리학적인 측면은 생각하지 않았다.

"그럴 법하군요."

"어머나! 엄마가 왔네, 무척 당황하고 있는 듯해. 부탁인데, 잠깐 우리 어머니 말 상대 좀 해 주지 않겠어?"

"물론 그래야죠." 패트릭이 말했다.

브리짓은 버지니아를 패트릭더러 상대하게 내버려 두고 가면서 그렇게 깔끔하게 어머니 문제를 해치운 것을 기뻐했다.

"만찬은 어떠셨어요?" 패트릭은 안전한 화제로 말문을 열었다. "마거릿 공주가 브라운소스를 뒤집어쓴 모양이던데요. 그걸 봤다면 짜릿했을 텐데."

"나는 짜릿하지 않았을 것이네." 버지니아가 말했다. "드레스에 얼룩이 묻으면 얼마나 속상한지 아니까."

"그렇다면 그걸 실제로 못 보셨군요."

"그렇다네, 나는 보싱턴레인 댁에서 저녁을 먹었거든."

"정말요? 저도 거기 가기로 했었는데. 어떠셨어요?"

"나는 가다가 길을 잃었어." 버지니아는 한숨을 쉬었다. "역에 도착한 사람들을 데리러 나가느라 차들이 모두 바빠서 나는 택시를 타야 했다네. 그리고 가다가 어느 시골집 앞에서 멈추고 길을 물어야 했지. 나중에 보니까 그 집이 있는 곳은 보싱턴레인 댁 진입로 바로 밑이더군. 내가 나중에 보싱턴레인 씨에게 '파란색 창문이 있는 시골집에 사는 이웃에게 길을 물어서 왔어요'라고 했더니 보싱턴레인 씨가 '그 집 사람은 이웃이 아니라 소작인입니다, 더구나 그자는 현 세입자인 데다 지독한 골칫거리죠'라고 하더군."

"이웃은 저녁 식사에 초대할 수 있는 사람을 뜻하거든요." 패트릭이 말했다.

"그럼 나도 그 댁 이웃이 되네." 버지니아는 웃었다. "나는 켄트에 사는데 말이야. 왜 우리 딸아이가 그 댁에서 추가로 여자 손님이 필요하다고 했는지 모르겠어, 거기 가 보니 모두 그런 여자들뿐이던데. 보싱턴레인 부인이 그러더군, 조금 전에 신사 네 명이 모두 고속도로에서 차가 고장 났다는 변명을 대고 오지 않았다고. 그 모든 수고를 했는데 당황스러워하길래 내가 그랬지, '유머 감각을 잃지 말아요'라고."

"보싱턴레인 부인은 제가 고속도로에서 차가 고장 났다고 했을 때 납득하지 않는 것 같았어요."

"어머나!" 버지니아는 손으로 입을 탁 막았다. "총각이 그중 한 사람이었나 보네. 총각이 거기서 저녁을 먹기로 했었다고 한 말을 내가 그새 깜박 잊었어."

"걱정 마십시오." 패트릭은 웃었다. "거기 가지 않은 사람들끼리 사전에 서로 변명을 비교해서 보싱턴레인 부인에게 똑같은 변명을 하지 않았더라면 좋았을걸 그랬습니다."

버지니아는 웃고서 앞서 했던 말을 다시 했다. "총각도 유머 감각을 잃지 말게."

"무슨 일 있어?" 오로라 던이 물었다. "허깨비를 본 것 같은 얼굴이야."

"음, 나도 모르겠어." 브리짓은 한숨을 쉬었다. "방금 신디 스미스하고 소니가 함께 있는 걸 봤어. 내가 그이한테 우리가 신디란 여자를 모르니까 초대할 수 없다고 말했던 게 기억나. 그때 그이가 그걸로 하도 법석을 떨어서 이상하다고 생각한 일도 기억나고. 그런데 그 여자가 여기 와 있어. 둘이 서 있는 걸 봤는데 왠지 둘이 스스럼없이 자연스러워 보였어. 어쩌면 그냥 내 과대망상인지도 모르지."

오로라는 친구에게 전혀 이롭지 않을 아픈 진실을 말해 주느냐, 아니면 아무것도 아니라며 안심시켜 주느냐 하는 선택을 앞에 놓고 주저 없이 첫 번째를 택했다. '정직하기' 위해서, 브리짓이 즐기는 사치스러운 생활이 엉망이 되는 꼴을 보는 기쁨을 위해서. 오로라는 자기에게 그런 생활이 주어지면 그것을 더 요령 있게 누렸을 것이라고 생각해 왔던 터였다.

"이 말을 해야 할지 잘 모르겠네. 아무래도 하지 않는 게 좋겠어." 오로라는 브리짓을 흘긋 보고 눈살을 찌푸렸다.

"뭐?" 브리짓은 애원했다. "말해."

"아니야. 자기 속만 상할 거야. 내가 바보처럼 괜히 말을 꺼냈어."

"지금 **꼭** 말해 줘야 돼!" 브리짓은 절박했다.

"좋아, 물론 다른 사람들은 다 알아. 일반적으로 알려진 대로 이런 일은 항상 당사자가 제일 나중에 알게 되지……" 오로라는 자기가 항상 즐겨 쓰는 '일반적'이라는 말을 하며 조금 꾸물거렸다. "소니하고 신디 스미스는 얼마 전부터 통정하는 사이야."

"맙소사. 그러니까 그게 저 여자구나. 무슨 일이 있는 줄은 알았지만……" 브리짓은 갑자기 몹시 피곤하고 슬퍼졌다. 금방 울음을 터뜨릴 모양이었다.

"어머, 얘, 울지 마. 기운 내." 오로라는 위로하듯 말했다.

하지만 브리짓은 정신이 어리벙벙한 가운데 침실로 올라가 아침에 엿들은 전화 통화 내용을 오로라에게 말해 주었다. 오로라에게 비밀을 지킬 것을 맹세시켰지만 오로라는 그날 밤이 가기 전에 여러 사람에게 그 비밀을 지킬 것을 맹세시켰다. 브리짓의 친구는 '싸울 준비'를 하라고 조언했다. 이 방침으로 대응해야 재미있는 일화가 많이 생기리라는 생각 때문이었다.

"어서 이리 와 우리 좀 도와줘." 앵거스 브롤리와 어맨다 프랫과 함께 앉은 차이나가 말했다. 패트릭이 합류하고 싶은 무리가 아니었다.

"우리는 지금 자기 아버지가 진짜 아버지가 아닌 사람들 명단을 만들어 보고 있어." 차이나가 설명했다.

"흠, 나도 그 명단에 오를 수 있다면 무엇이든 다 하겠는데." 패트릭은 끙 하는 소리를 내고 말했다. "어쨌든 명단이 너무 길어서 하룻밤에는 다 만들지 못하겠는걸."

데이비드 윈드폴은 신디 스미스를 데려와서 안주인을 화나게 만든 책임을 벗으려는 광적인 욕구에 휩싸여 성급히 다른 손님들에게 그것은 사실 자기가 생각해 낸 것이 아니고 지시를 따랐을 뿐이라고 해명했다. 그는 피터 폴록에게 똑같이 일장 연설을 하려다가 문득 소니의 가장 친한 친구인 피터는 그런 행위를 비겁한 것으로 볼 수 있다는 생각이 들자 자제하고, 그 대신 그들이 마지막으로 만났던 곳에서 본 '그 끔찍한 세례식' 이야기를 꺼냈다.

"끔찍했지." 피터가 확고하게 말했다. "교회 부속실이 왜 있어? 우산 같은 것도 두고 어린애들도 놔두기 위한 게 아니라면 말이야. 그런데 아닌 게 아니라 교구 목사가 아이들을 모두 예배당 안으로 들이고 싶어 했지. 목사는 활기찬 예배가 좋다고 생각하는 히피 같은 사람이었어. 하지만 영국 국교의 용도는 영국 국교가 되는 것이지. 그것은 사회적 유대의 동력원이야. 만일 복음주의적 교회로 나아가려는 거라면 우리는 상관하고 싶지 않다 그래."

"옳소!" 데이비드가 말했다. "그런데 보아하니 내가 신디 스미스를 데려와서 브리짓이 상당히 화난 거 같아." 데이비드는 결국 그 화제에서 오래 벗어나 있지 못했다.

"완전 폭발했지." 피터는 웃었다. "브리짓하고 소니가 서재에서 한바탕했다더군. 밴드가 연주하고 사람들이 떠드는데도 여기까지 들린 모양이야. 가여운 소니, 저녁 내내 서재에 갇혀서는." 피터는 머리를 끄덕여 문 쪽을 가리키고는 씩 웃었다. "단둘이 이야기를 하려고 했는지 무릎을 맞대려고 그랬는지 모르지만 소니가 신디 스미스하고 저리로 몰래 들어가는가 싶었는데 얼마 안 있어서 브리짓과 한바탕한 걸세. 그리고 지금은 로빈 파커 옆에 머물며 자기의 푸생 그림이 진품임을 인정하게 하면서 스스로 기분을 북돋우려 하고 있지. 요는, 자넨 원래 시나리오를 고수하는 거야. 자네와 신디는 서로 아는 사이다, 마침 아내가 올 수 없었다, 그래서 대신 신디에게 부탁했는데 어리석게도 사전에 확인해 보지 않았다, 소니는 아무런 상관이 없다. 뭐,

그런 식으로."

"물론." 데이비드는 이미 여남은 사람들에게 정반대로 이야기했다.

"브리짓은 실제로 두 사람이 무슨 짓을 하고 있는 건 보지 못했는데, 여자들이 이런 상황에 처하면 어떻다는 건 자네도 잘 알잖아. 여자들은 자기들이 믿고 싶은 걸 믿으니까."

"흠." 데이비드는 이미 브리짓에게 자기는 지시를 따랐을 뿐이라고 말했다. 그는 소니가 가까이에 있는 서재에서 나오는 것을 보고 움찔했다. 소니는 그가 브리짓에게 고자질했다는 것을 알았을까?

"소니!" 데이비드의 목소리가 가성으로 변하면서 길고 높아졌다.

소니는 데이비드를 무시하고 우렁찬 소리로 "푸생 진품이야!"라고 피터에게 말했다.

"아, 잘됐네." 피터는 마치 그게 소니가 그린 그림이기라도 한 듯이 말했다. "단순히 무슨 '학파'의 그림이 아니라 진품이란 걸 알게 된 것보다 더 좋은 생일 선물은 없을—"

"나무들을 보면 틀림없어." 로빈이 야회복 재킷 안주머니에 손을 넣으며 말했다.

"잠깐 실례 좀 하겠네." 소니는 여전히 데이비드를 무시하고 로빈에게 말했다. "피터와 단둘이 할 말이 있어서." 소니와 피터는 서재에 들어가 문을 닫았다.

"내가 빌어먹을 바보였어." 소니가 말했다. "특히 데이비드 윈드폴을 믿은 게. 이것으로 데이비드가 우리 집에 오는 건 마지막이야. 이제 아내 위기를 감당하게 되었단 말이야."

"너무 자책하지 마." 피터는 하나 마나 한 말을 했다.

"저, 그게 말이지, 내가 충동에 사로잡혔었어." 소니는 피터의 암시를 받아 곧바로 말을 이었다. "무슨 말이냐 하면, 나로선 브리짓이 아들을 낳지 못하고 어쩌고 하는 게 굉장히 힘들었거든. 하지만 결정적인 순간이 오면 집안일을 운영하는 마누라 없이 내가 여기서 사는 걸 좋아할지 자신이 없네. 신디는 무언가 별난 생각을 가지고 있는 듯한데, 그게 뭔지는 나도 확실치 않아, 그냥 느낌만 그럴 뿐."

"문제는 그 모든 게 아주 복잡해졌다는 거야." 피터가 말했다. "여자들이 어떻게 생각하는지 잘 모르겠어. 16세기 러시아 결혼 생활 상담에 관한 글을 읽었는데, 마누라를 때리되 눈이 멀거나 귀가 먹지 않게 애정을 가지고 하라더군. 만일 요즘 그런 말을 하면 교수형에 처해질 거야. 그런데 말이지, 그 조언에는 생각해 볼 점이 많아. 물론 그렇게까지 과격하면 안 되지만 말이야. 원주민 일꾼들에 대한 옛날 격언 중에 '아무런 이유 없이 때리면 때릴 이유가 생기지 않을 것이다'라는 말도 있지."

소니는 약간 어리둥절해 보였다. 그는 나중에 몇몇 친구들에게 이렇게 말했다. "브리짓 위기에 직면해서 모두 힘을 모아 도와야 하는 상황이었는데 피터는 유감스럽게도 자기 몫을 하지 않았어. 그냥 16세기 러시아에 관한 책자 이야기만 쓸데없이 계속 늘어놓았을 뿐이지."

"그 친절한 판사 멜포드 스티븐스가 강간범에게 그랬어요, '피고를 삭막한 중부로 보내는 것으로 징역형을 대신하니, 그것으로 충분한 처벌이 될 것이다'라고. 판사가 그런 식으로 판결하면 안 되겠지만, 그래도 멋지지 않아요? 영국은 왕년에 그런 멋진 괴짜들이 많았는데, 요즘은 모두 특징이 없고 선량한 체하기만 해요." 키티가 말했다.

"난 이 부분이 무지 싫어." 소니는 유쾌한 주인의 모습을 유지하려고 애를 쓰면서 말했다. "왜 악단장이 악단 전원을 일일이 소개하느냐 말이야. 누가 그들 이름을 알고 싶기라도 한대? 아니, 그렇잖아, 손님들도 일일이 소개하지 않는데, 왜 저 친구들은 자기들을 소개하는 거야?"

"전적으로 공감하네, 올드 빈." 알렉산더 폴리츠키가 말했다. "러시아에서는 상류 집안은 그 영지에 딸린 악단을 가지고 있었는데, 그들을 소개한다는 건 황태자에게 접시닭이를 소개할 수 없듯이 있을 수 없는 일이었네. 사냥을 나가서 차가운 강을 건

너야 하면 몰이꾼들이 물속에 들어가 다리가 되어 주었지. 머리를 밟고 건너기 위해 그들의 이름을 알아야겠다고 생각한 사람은 아무도 없었네."

"그건 좀 너무한 거 같은데. 머리를 밟고 간다니 말이야. 하지만 말이야, 그렇기 때문에 우리는 혁명을 하지 못한 거야."

"영국이 혁명을 한 번도 못 하긴, 두 번 했잖은가, 올드 빈, 청교도혁명과 명예혁명 말이야."

"그리고 코넷에는 '칠리 윌리' 왓슨입니다!" 악단장 조 마틴이 단원들을 차례로 소개했다.

패트릭은 악단 연주자들 소개에 주의를 기울이지 않다가 귀에 익은 어떤 이름이 들리자 어리둥절했다. 뉴욕에서 알던 칠리 윌리일 리 없었다. 지금까지 살아 있을 리 없었다. 그래도 패트릭은 고개를 돌려 그 연주자가 앞줄에 있다가 소개를 받고 일어나 짧게 솔로 연주를 하는 것을 쳐다보았다. 볼이 불룩한 얼굴을 보나 야회복을 보나 알파벳 시티에서 마약을 팔던 그 길거리 마약쟁이를 생각나게 하는 모습이 전혀 아니었다. 말라빠진 몸에 너무 헐렁한 바지를 움켜쥐고 망각의 언저리에서 발을 질질 끌며 돌아다니던 칠리 윌리는 치아가 없고 볼이 홀쭉한 넝마주이였다. 이 재즈 연주자는 원기 왕성하고 재주가 있고, 분명히 흑인이었다. 물론 칠리도 명백히 흑인이긴 했지만 그는 황달이 있고 해쓱해서 얼굴이 누렇게 떠 보였었다.

패트릭은 좀 더 자세히 보려고 연주대 가장자리 쪽으로 이동했다. 칠리 윌리라는 이름을 가진 사람은 아마 수천수만 명은 될 것 같았다. 이 사람이 '그의' 칠리 윌리라고 생각하는 건 터무니없었다. 칠리는 솔로를 연주하고 도로 앉았다. 패트릭은 동물원의 어린아이처럼 호기심 어린 얼굴로, 넘지 못할 장벽이 가로막아서 말할 수 없다는 느낌으로 칠리 앞에 섰다.

"안녕하세요?" 칠리 윌리의 인사가 트럼펫 솔로가 연주되는 가운데도 들렸다.

"솔로 연주 좋았어요." 패트릭이 말했다.

"고맙습니다."

"혹시…… 내가 뉴욕에서 알던 칠리 윌리 아니세요?"

"어디 사는 사람이었는데요?"

"8번가요."

"그렇긴 한데. 뭘 하는 사람이었죠?"

"저, 그게, 그 사람은…… 약을…… 사실 길거리에서 살다시피 한…… 그래서 그쪽이 그 사람일 리 없다는 걸 알지만. 어쨌든 그 사람은 나이가 더 많아요."

"기억난다!" 칠리는 웃었다. "당신 그 외투 입었던 영국 친구 맞지?"

"맞아! 칠리 맞네! 이럴 수가, 건강해 보이네. 실제로 거의 알아보지 못했어. 연주도 아주 잘하는걸."

"고맙네. 난 원래 음악을 했는데 그만……" 칠리는 동료 연주자들을 옆으로 흘긋 보면서 손으로 다이빙하는 시늉을 했다.

"부인은 어떻게 됐어?"

"약물 과용으로 죽었어." 칠리는 슬프게 말했다.

"아유, 안됐군." 패트릭은 칠리의 아내에게서 두루마리 휴지에 잘 말아 챙겨 두었던 말 주사기를 20달러에 샀던 기억을 되살렸다. "아무튼, 칠리, 이렇게 살아 있다니 기적이야."

"그래, 모든 게 기적이라네." 칠리가 말했다. "우리가 비누 조각처럼 욕조 안에서 녹지 않은 것도 진짜 기적이지."

"허버트가家* 사람들은 항상 밑바닥 인생이라면 사족을 못 썼어요." 키티 해로가 말했다. "셰익스피어를 봐요."

"그들은 확실히 그에게는 자금 바닥까지 긁어 주긴 했죠." 니컬러스가 말했다. "당시 사회는 몇백 가구로 이루어져서 서로 다 알고 살았죠. 그런데 지금은 단 한 가구로 이루어졌는데, 그건 바로 기네스가죠. 그들은 왜 G가 들어가는 자리**를 특별히 확대한 주소록을 만들지 않는지 모르겠어요."

---

* 윌리엄 허버트(1580~1630). 윌리엄 셰익스피어의 후원자로 그의 소네트에서 '아름다운 청년'으로 묘사된다.
** 'G가 들어가는 자리'는 'G spot' 즉 '성감대'를 기네스의 G와 관련시킨 언어유희다.

키티는 킥킥 웃었다.

"이거 참, 자네가 실패한 사업가란 게 이해되는군." 알리가 니컬러스에게 말했다.

"그 보싱턴레인의 만찬은 상상을 초월했어." 알리 몬터규가 로라와 차이나에게 말했다. "주인이 '딸자식들이 있어서 가장 좋은 건 일을 시킬 수 있다는 거야'라고 했을 때, 나는 성가시게 되었다는 걸 알았지. 그리고 말만큼 우람한 딸이 와서는 '저희 아빠와는 말다툼할 생각은 마세요, 아빠는 이전엔 체격이 무하마드 알리와 같았어요, 키는 1.5피트 작았지만' 하더군."

로라와 차이나는 웃었다. 알리는 흉내를 아주 잘 냈다.

"안주인은 걱정이 이만저만이 아니더라고요." 로라가 말했다. "딸 샬럿이 한 친구와 함께 어느 시골 처녀 둘이 쓰는 아파트를 같이 쓰기로 하고 런던에 갔는데, 일주일 만에 '악질 존'이라는 누군가와 사랑에 빠졌다고 말이에요."

그들은 모두 배꼽을 잡았다.

"보싱턴레인이 정말 걱정하는 건 샬럿의 교육 문제야." 알리가 말했다.

"픽도 그러겠네요." 로라가 말했다.

"그 친구가 이웃집 딸이 '거의 들어 본 적이 없는 수의 O 레벨 과목'을 이수했다고 불평하더군."

"몇 과목요, 셋?" 차이나가 의견을 냈다.

"내 생각에 다섯 과목이었을 거야. 그리고 미술사는 A 레벨을 할 거라더군. 그래서 난 그냥 보싱턴레인에게 계속 말하게 하려고 미술을 해서 돈벌이를 할 수 있냐고 물었지."

"그러니까 뭐래요?" 차이나가 물었다.

알리는 턱을 쑥 내밀더니 한쪽 손을 엄지만 내놓고 야회복 재킷 주머니에 찔러 넣었다.

"그러니까 그 친구가 '돈벌이?'라며 쩌렁쩌렁 울리게 말하더니, '대부분은 못 하지. 하지만 자네도 알잖은가, 지금 우리가 이야기하는 사람들은 인생의 의미를 찾는다고 버둥거리느라 바빠서 그런 걸로 걱정할 시간이 없어. 그렇다고 나도 그 문제로 전혀 버둥거리지 않는 건 아니지만 말씀이야!' 하는 거야. 그래서 내가 나는 인생의 의미는 높은 소득도 포함한다고 생각한다니까, 그 친구가 '자본금도'라고 하더군."

"그 딸은 정말 구제불능이에요." 로라가 씩 웃었다. "굳이 듣고 싶지 않은 무지 따분한 이야기를 들려주더니 끝에 가서 '바비큐 소시지를 도둑맞는 것보다 더 나쁜 일을 상상할 수 있어요?'라는 거야. 그래서 내가 '응, 그야 쉽지'라고 했더니 끔찍한 경적 소리를 내고는 '나 참, 물론 내가 **문자 그대로** 그러냐고 한 건 아니죠'라고 하더라고요."

"그래도 우리를 거기 있게 해 주니 고마운 사람들이잖아." 차이나가 도발적으로 말했다.

"내 방에 그 징글맞은 자기 장식품이 몇 개나 되는지 알아?" 알리는 곧 말해 줄 숫자의 충격을 과장하기 위해 거만한 표정으로 물었다.

"몇 개요?" 로라가 물었다.

"137개."

"137개!" 차이나는 헉 하고 깜짝 놀랐다.

"그리고, 보니까, 한 개만 제자리에 없어도 그 딸이 알더라고." 알리가 말했다.

"한번은 장식품 한 개가 침실에서 화장실로 갔던가, 화장실에서 침실로 갔던가 했는데, 누가 훔친 줄 알고 그 딸이 사람들 짐을 모두 뒤진 적이 있었지."

"그러니까 한 개 몰래 가지고 나와 보고 싶은걸." 로라가 말했다.

"아주 재미있는 사실이 있는데 뭔지 알아?" 알리가 그다음으로 통찰해 얻은 화제로 서둘러 옮겨 갔다. "얼굴은 아름다운데 형편없는 파란색 드레스를 입은 그 할머니가 브리짓 어머니야."

"그럴 리가!" 로라가 말했다. "그런데 왜 여기서 저녁을 안 먹었죠?"

"창피했던 거지." 알리가 말했다.

"어쩌면!" 차이나가 말했다.

"뭐랄까, 난 브리짓이 왜 그런지 알겠어." 알리가 말했다. "그 어머니는 아닌 게 아니라 좀 궁색해 보이거든."

"나 데비 봤어." 조니가 말했다.

"정말? 언제 보여?" 패트릭이 물었다.

"아름답더군."

"데비는 큰 파티에서는 항상 아름다워 보였지. 조만간 데비하고 이야기를 좀 해야겠어. 나는 데비도 육체가 있고 얼굴이 있고 거의 항상 담배를 피우는 한 인간일 뿐이란 걸 쉽게 잊고 살아. 아마도 더 이상은 내가 알던 사람이 아니리란 것도."

"저녁 먹은 후로 기분은 어때?"

"우선 좀 이상한 기분이야. 하지만 말하길 잘했어."

"그래." 조니는 앞서 나눈 이야기에 대해 더 무슨 말을 해야 할지 몰라 어색한 기분이었다. 그러나 아무 일도 없었던 척하고 싶지 않았다. "참! 나, 모임에서 네 생각이 났어." 조니는 일부러 밝은 표정을 꾸미며 말했다. "거기 어떤 남자가 그 전날 밤에 텔레비전을 끌 수밖에 없었는데, 그렇게 하면 그 쇼의 진행자를 끄는 거라고 생각했기 때문이라더라."

"저런, 나도 그런 때가 있었는데. 아버지가 뉴욕에서 돌아가셨을 때 나와(이 경우에 '나'가 맞는 대명사인지 모르겠지만) 가장 긴 대화를 나눈 상대는 텔레비전이었어."

"네가 나한테 말한 거 기억나." 조니가 말했다.

두 사람은 침묵에 빠져 사람들을 물끄러미 바라보았다. 회색 벨벳의 황량한 천막 아래 미친 듯이 허우적거리는 모습이 현미경으로 보는 박테리아 증식 같았다.

"초라하고 불안정한 정체성을 느끼려면 이 유령들 한 백 명은 있어야 해." 패트릭이 말했다. "내가 어렸을 때 주변에 있던 사람들은 다 저런 사람들이었거든. 제법 세련된 것 같지만 사실은 백조처럼 무식한, 냉정하고 따분한 사람들."

"저들은 마지막 마르크스주의자들이야." 조니가 불쑥 말을 꺼냈다. "계급으로 전체를 설명할 수 있다고 믿는 마지막 사람들. 그 주의는 모스크바와 베이징에서 파기된 뒤 오랜 시간이 흐르더라도 영국의 대형 천막 아래서는 계속 번성할 거야." 조니는 이 주제를 계속 추구하며 열을 띠었다. "대부분은 반쯤 먹힌 벌레 같은 용기와 죽은 양 같은 지력만이 있을 뿐이겠지만, 그래도 그들은 마르크스와 레닌의 진정한 후계자들이지."

"저들한테 가서 말해 주지 그래. 대부분은 그것보다는 글로스터셔의 땅 한 조각 상속받기를 더 기대하는 것 같은데."

"돈으로 말 안 듣는 사람은 없지요." 소니의 말에 가시가 돋쳤다. "안 그런가, 로빈?"

"아무렴. 하지만 돈이 너무 적지 않도록 해야지." 로빈이 말했다.

"그런 걸 조심해서 하지 않는 사람이 어디 있나." 소니는 로빈에게 협박당하면 어떨지 생각했다.

"하지만 돈만 사람을 타락시키는 건 아니에요." 자클린 드 알랑투르가 말했다. "우리 대사관에 알베르라는 정말 훌륭한 운전기사가 있어요. 알베르는 금붕어를 수술한 일에 대해 상상할 수 있는 가장 감동적인 이야기를 하곤 하던 아주 다정다감한 사람이었죠. 하루는 자크가 사냥을 가려는데 총을 장전해 주는 사람이 아파서 못 가게 되니까 '그럼 알베르를 데려가야겠어'라고 해서 내가 '안 돼, 알베르는 동물을 사랑하니까 괴로울 거야, 그 모든 피를 보면 견디지 못할 거야'라고 했어요. 그런데 자크는 워낙 고집이 세서 내 말을 듣지 않았죠. 더 이상 어떻게 할 수가 없었어요. 새 몇 마리가 총에 맞자 가엾은 알베르는 처음에는 고통스러워했어요." 자클린은 연기를 하듯 두 손으로 눈을 가렸다. "그러다 흥미를 느끼기 시작하더라고요." 자클린은 손가락을 벌리고 그 사이로 빠끔 내다보고는 손을 도로 획 내렸다. "그러던 사람이 이제는 사냥 전문 잡지 《슈팅 타임스》를 구독하고 듣지도 보지도 못한 온갖 총기류 잡지를 가지고 있어요. 이제는 알베르가 운전대를 잡으면 아주 아슬아슬해요. 런던에는 비둘기가 발에 차이도록 많은데 비둘기를 볼 때마다 '대사님이라면 저놈을 잡을 텐데'라는 거예요. 트래펄가 광장을 지나갈 때는 도로를 정면으로 보지도 않고 하늘만 바라보고 총 쏘는 소리를 낸다니까요 글쎄."

"나는 런던 비둘기를 먹을 수 있다고 생각하지 않습니다만." 소니는 회의적이었다.

"패트릭 멜로즈?" 혹시 데이비드 멜로즈의 아들 아닌가?" 버니 워런이 물었다. 패트릭은 그의 얼굴을 기억하지 못했지만, 이름은 유년기의 언저리에서 가물가물 떠올랐다. 부모가 이혼하기 전으로 아직 사교 생활을 하던 때였다.

"네."

살아 있는 건포도처럼 주름진 버니의 얼굴에 놀라움과 기쁨이 대여섯 번은 교차했다. "자네 어릴 때가 기억나네. 빅토리아 로드에 있는 자네 집에 한잔하러 들를 때마다 자네가 내게 달려와 불알을 걷어차곤 했는데."

"그 일에 대해선 죄송합니다." 패트릭이 말했다. "이상하게도, 오늘 아침에 니컬러스 프랫 씨도 같은 이야기를 제게 하셨었는데."

"아이, 뭐, 그 친구 경우는……" 버니는 장난기 있게 웃었다.

"그때 2층 계단 앞에 서 있다가 달려 내려가 현관에 이를 쯤이면 적절한 속력이 붙어서 아주 제대로 발길질을 할 수 있었죠." 패트릭이 설명했다.

"안 그래도 알아." 버니는 좀 더 진지한 목소리로 말했다. "그런데 그거 아나, 나는 자네 아버지를 생각하지 않는 날이 거의 없다네."

"저도요. 하지만 저한텐 그럴 만한 이유가 있죠."

"나도 그래. 자네 아버지는 내가 극히 불안정한 상태에 있었을 때 나를 도와주었거든."

"아버지는 제가 극히 불안정한 상태에 **빠지게** 도와주었는데요."

"많은 사람들이 데이비드를 까다로운 사람으로 알고 있다는 건 나도 아네. 자기 자식에게는 가장 까다로웠을지도 모르지. 사람들은 대개 그렇거든. 하지만 난 데이비드의 인격에 다른 면이 있는 걸 보았어. 내 아내 루시가 죽고, 내가 루시의 죽음을 잘 극복하지 못했을 때 데이비드는 나를 돌보고 내가 술로 죽지 않게 술을 끊게 해 주었어. 엄청난 지력을 기울여 몇 시간이고 내 암울한 절망에 귀를 기울여 주었지. 그리고 내가 말한 걸 나한테 불리하게 이용한 적이 없네."

"저희 아버지가 선생님께서 말한 걸 선생님에게 불리하게 이용하지 않았다는 것을 선생님께서 지금 말한다는 사실은 제게는 사악하다고 하기에 족합니다."

"무슨 말을 하든 그건 자네 마음이지만, 나는 자네 아버지가 아니었으면 죽었을 걸세." 버니는 퉁명스럽게 말하고는 들리지 않는 핑계를 대고 불쑥 돌아서 가 버렸다.

혼잡한 파티장에 혼자 서 있게 된 패트릭은 불현듯 이제는 사람들과 대화하는 것을 피하고 싶다는 생각이 들었다. 그러자 천막에서 자리를 뜨면서 버니가 아버지에 대해 한 말을 골똘히 생각했다. 어느새 사람들로 붐비는 응접실로 서둘러 들어갔다. 그곳에서 로라가 눈에 띄었다. 그 옆에 차이나가 있었고 패트릭이 알지 못하는 한 남자가 서 있었다.

"자기 왔네." 로라가 말했다.

"응, 왔어." 패트릭은 로라가 불러 세우지 않으면 했다.

"여기, 밸런타인 모건 알아?" 차이나가 물었다.

"안녕하세요?" 패트릭이 말했다.

"안녕하세요?" 밸런타인은 신경에 거슬릴 정도로 패트릭과 세게 악수했다. "방금 전에 내가 운 좋게도 세상에서 가장 뛰어난 총기 소장품을 상속받았다고 말하고 있던 참입니다."

"그렇군요, 근데 나는 운 좋게도 댁의 아버지가 보여 준 총기에 관한 책을 보았습니다."

"그렇군요, 『모건 총기 컬렉션』을 보았군요." 밸런타인이 말했다.

"글쎄요, 처음부터 끝까지는 아니지만, 세계 최고의 총기들을 소장한 데다 저자가 대단한 명사수이고 그 모든 걸 그렇게 아름다운 산문으로 쓴다는 게 얼마나 비범한 일인가 하는 걸 알 만큼은 보았어요."

"우리 아버지는 훌륭한 사진가이기도 하셨죠." 밸런타인이 말했다.

"아, 그렇지, 무언가 잊어버린 것 같다 했더니." 패트릭이 말했다.

"아주 다재다능한 분이셨어요." 밸런타인이 말했다.

"언제 돌아가셨어요?" 패트릭이 물었다.

"작년에 암으로 돌아가셨어요. 우리 아버지만 한 재력가가 암으로 죽는다는 건 아직 치료법이 없다는 뜻이죠." 밸런타인의 마지막 말에는 정당한 자부심이 실렸다.

"아들이 선친의 명성을 그렇게 훌륭히 관리하다니 참으로 칭찬받을 일이군요." 패트릭은 피곤한 듯이 말했다.

"너희 아버지와 너희 어머니를 평생 명예롭게 하라는 말이 있죠." 밸런타인이 말했다.

"그건 물론 내 삶의 방침이기도 합니다." 패트릭이 맞장구쳤다.

차이나는 밸런타인의 막대한 소득조차 바보 같은 행동에 빛을 잃을지 모르겠다는 생각에 춤을 추자고 제안했다.

"듣던 중 반가운 소리." 밸런타인이 말했다. "그럼 이만 실례." 그는 로라와 패트릭에게 말했다.

"저 인간 참 재수 없네." 로라가 말했다.

"자기가 저 친구 아버지를 봤어야 하는데." 패트릭이 말했다.

"저 사람은 상속받은 재산 이야기를 하지 않으면—"

"그럼 지금보다 훨씬 더 시시하겠지." 패트릭이 말했다.

"그건 그렇고, 자기 어떻게 지냈어?" 로라가 물었다. "난 자기 봐서 반가운데. 이 파티는 정말 신경에 거슬려. 남자들은 그전엔 섹스를 할 때 버터를 어떻게 썼는지 말하곤 했는데, 이제는 음식에서 어떻게 버터를 빼는가 하는 걸 논해."

패트릭은 웃었다. "세상엔 확실히 시체들을 이것저것 툭툭 차 봐야 어떤 게 살았는지 알 수 있지. 이 파티의 주인공에게서 우둔함이 사우나실 문을 열듯이 아주 훅훅 불어 나와 피부로 느낄 수 있을 정도야. 그의 말을 부정하는 가장 좋은 방법은 그냥 그가 말하게 내버려 두는 것이지."

"위층에 갈까?" 로라가 말했다.

"거긴 대체 뭐 하러?" 패트릭이 웃었다.

"그냥 한 번 해도 되고, 조건 없이."

"좋아, 심심하진 않겠네."

"고맙군."

"아니, 아니, 정말 하고 싶어. 끔찍한 아이디어라는 생각을 떨칠 수는 없지만. 너나 나나 좀 혼란스러워지지 않을까?"

"조건 없이, 라고 했잖아, 기억해?" 로라는 그를 끌어 복도 쪽으로 갔다.

계단을 지키고 선 경비원이 말했다. "죄송하지만 아무도 못 올라갑니다."

"우리는 이 집에서 묵고 있어요." 로라가 말했다. 그러자 뭐라 말하기 어려운 그 어조의 오만한 무엇에 눌렸는지 경비원은 옆으로 비켜섰다.

패트릭과 로라는 고미다락방 벽에 기대 키스를 했다.

"내가 요즘 누구랑 바람났는지 알아?" 로라는 그에게서 얼굴을 떼고 말했다.

"생각하기도 두려워. 그런데 그건 왜 지금 논하고 싶은 거야?" 패트릭은 로라의 목을 깨물며 중얼거렸다.

"자기가 아는 사람이야."

"기권." 패트릭은 발기가 줄어드는 것을 느끼며 한숨을 쉬었다.

"조니야."

"그렇군. 완전 김새네."

"난 자기가 나를 도로 빼앗아 가고 싶어 할 줄 알았는데."

"난 조니와 친구로 남길 택하겠어. 더 많은 아이러니와 더 많은 긴장은 사절이야. 넌 정말 그걸 이해하지 못하는구나?"

"너, 아이러니와 긴장 되게 좋아하는데, 무슨 말을 하는 거야?"

"넌 그저 딴 사람들이 모두 너 같다고 생각하는 버릇이 있어."

"뭐야, 꺼져! 아니, 〈달링〉*의 로런스 하비 말처럼 '펭귄 프로이트 책은 집어쳐!'"

"이봐, 우리 이제 그만 헤어지는 게 좋겠어, 안 그래? 싸우기 전에."

"젠장, 넌 정말 지겨운 인간이야." 로라가 말했다.

"따로따로 내려가자." 패트릭이 말했다. 라이터 불빛이 흔들거리며 흐릿하게 방을 밝혔다. 라이터 불이 꺼졌지만 패트릭은 놋쇠 문고리를 찾았다. 조심스럽게 문을 열자 바깥에서 들어온 빛이 먼지투성이 마룻널에 쐐기 모양으로 비쳤다.

"먼저 가." 패트릭은 로라 등에 묻은 먼지를 털어 주며 속삭였다.

"안녕." 로라는 무뚝뚝하게 말했다.

★　〈Darling〉. 1965년 영국 영화.

IO

패트릭은 감사한 마음으로 문을 닫고 담배에 불을 붙였다. 버니와 이야기를 나누고 난 뒤 혼자 생각할 시간이 없었다가, 이제 버니가 언급한 충격적인 말이 그를 따라잡아 고미다락방에서 나가지 못하게 했다.

아버지의 유해를 가지러 뉴욕에 갔을 때도 아버지에 대한 혐오라는 간단한 해결책이 패트릭에게는 완전한 설득력을 갖추지 못했다. 아버지에 대한 버니의 신의를 보고 패트릭은 자기의 진정한 어려움은 자기 마음속의 그 같은 감정을 인정하기 힘든 데 있다는 걸 깨달았다.

아버지에게 존경할 만한 점이 뭐가 있지? 음반을 내는 위험 부담을 지지 않으려 한 음악적 재능? 하지만 가끔 그 음악을 들으면 패트릭은 비탄에 빠졌다. 친구들과 가족에게는 상습적으로 고문을 주었지만 버니에게는 생명의 은인이 되어 준 심리적 통찰력? 데이비드의 모든 장점과 재능은 양날의 칼이었다. 그렇지만 그는 아무리 야비했어도 대개는 착각에 빠져 살지 않고 자기가 받아 마땅한 고통을 냉철하게 받아들였다.

패트릭을 아버지와 화해시킬 수 있는 것은 존경이 아니었다. 자식들이 부모에게 보이기 마련인, 완강하기 이를 데 없는, 그래서 패트릭보다 더 악조건의 운명을 겪고도 살아남을 수 있게 해 주는 그런 사랑도 아니었다. 메두사호*의 뗏목 가장자리에 매달린 사람들의 핼쑥한 얼굴이 패트릭의 상상 속을 맴돌았다. 패트릭이 늘 뗏목 위에서 보는 그들을 상상한 것은 아니었다. 대개 그것은 뗏목에 그보다 더 가까이 다가간 사람들의 얼굴이었다. 얼마나 많은 이들이 저주를 억눌렀을까? 얼마나 많은 이들이 소리 없이 물속에 가라앉았을까? 얼마나 많은 이들이 물에 빠지는 옆 사람의 어깨를 밟으면서까지 조금이라도 더 오래 수면 위로 머리를 내밀고 버텼을까?

좀 더 실리적인 무엇이 그로 하여금 화해할 이유를 모색하게

---

* 1810년 나폴레옹 전쟁에 출정한 프랑스 함대 메두사호. 400명의 인원이 탄 이 배는 좌초되어 151명이 뗏목에 탔으나 그 무게에 뗏목이 가라앉으면서 뗏목 밖으로 서로 밀어내는 아비규환의 생존 다툼이 벌어졌다. 결국 13일 후, 15명만 살아남아 구조되었다. 프랑스 화가 테오도르 제리코가 이 사건을 소재로 <메두사호의 뗏목>이라는 명화를 남겼다.

만들었다. 패트릭의 장점은, 아니, 그가 자신의 장점이라고 생각하는 것은 아버지와의 싸움에서 나왔다. 그 장점을 쓰려면 그것이 나온 오염된 원천에서 벗어나야 할 것이다.

그렇지만 패트릭은 아버지가 그를 속여서 마음의 평안을 빼앗아 간 방식에 대한 분노를 절대로 버릴 수 없을 것이다. 스스로를 고치려고 아무리 애를 써도 기껏 다 나았다는 환상만 연출할 수 있을 것이다. 화병이 깨지면 표면 무늬는 원래대로 복구할 수 있다 해도 안을 들여다보면 어렴풋이 가늘고 거무스름한 금이 그대로 있는 것처럼.

너그러워지려는 패트릭의 모든 시도는 숨 막히는 듯한 분노에 부딪쳤다. 그런 한편 그의 증오는 아버지가 인생에 심취하고 어떤 자유의 표시나, 장난이나 뛰어난 재기를 즐기는 것 같던, 덧없고 항상 손상되었던 혼란스러운 시기와 맞부딪쳤다. 어쩌면 아버지가 파괴를 시도한 다른 누구의 삶보다 그런 아버지의 삶이 더 힘들었을 거라는 생각에 만족해야 할지 모른다.

단순화는 위험하다. 단순화는 나중에 복수를 펼칠 것이다. 아버지를 바라보되 연민이나 공포의 눈으로 바라보지 않고, 자신의 성격을 특별히 잘 다스리지 못한 한 인간으로 바라보면서, 증오와 지지러진 사랑의 균형을 맞출 수 있을 때 비로소, 그리고 또 아버지가 저지른 범죄를 절대로 용서하지 않으면서 그 범죄가 낳은 불행과 그 범죄를 낳은 불행에 동정하는 마음이 이는 것을 허용하는 그 양의성을 수용할 수 있을 때 비로소, 그는 단순히 살아남는 것에 그치지 않고 삶을 영위할 수 있는 새로운 인생을 향해 해방될 것이다. 그러면 그는 더 나아가 즐겁게 살 수 있을지도 모른다.

패트릭은 신경질적으로 끙 앓는 소리를 냈다. 즐겁게 산다고? 낙관에 이끌리면 안 된다. 눈이 어둠에 적응되었다. 그러자 그가 서성거리는 작은 공간을 빙 둘러싼 보관함과 상자가 보였다. 지붕과 처마 낙수홈통을 향해 난 좁은 반쪽 창에 집 정면 투광조명등의 탁한 갈색 빛이 비쳤다. 패트릭은 담배 한 개비를 더 꺼내 창턱에 기대 피웠다. 지금 다른 곳에 있어야 한다는 생각이 들자 그는 그럴 때 흔히 겪는 돌연한 공포에 휩싸였다. 이 경우 그곳은 아래층이었다. 그곳에서 사람들이 진공청소기로 카펫을 청소하고 있고 연회업체는 화물차에 물건을 싣고 있으리라는 상상을 하지 않을 수 없었다. 하지만 로라와 올라올 때의 시간은 겨우 1시 30분쯤이었다. 그래도 패트릭은 고미다락방에 계속 머물렀다. 영혼이 숨을 죽인 채 웅크린 아주 오랜 침체기에서 벗어날 수 있는 희박한 가능성에 호기심이 동했던 것이다.

패트릭은 축축한 지붕에 담배꽁초를 버리려고 창문을 열었다. 패트릭은 마지막으로 한 번 더 담배를 빨면서, 아버지는 아마 그들의 관계를 바라보는 아들의 관점에 공감했을 거라는 생각에 웃음이 났다. 바로 그런 종류의 교묘한 수법 때문에 아버지는 방심 못 할 적이었다. 그러나 이제는 그런 수법으로 그들의 전쟁을 끝낼 수 있을지 모른다. 그래, 아버지는 패트릭의 반항에 박수를 보냈을 것이다. 당신이 만든 미로를 탈출하려는 아들의 노력을 이해했을 것이다. 아버지는 아들이 성공하기를 바랐으리란 생각에 패트릭은 울고 싶었다.

통한과 절망 너머에 가슴 저미는 무언가가, 아버지의 잔인을 말해 주는 사실보다 인정하기 더 어려운 무언가가 있었다. 조니에게는 말할 수 없었던 것이었다. 아버지가 우울증에서 잠깐씩 벗어나는 막간에는 패트릭을 사랑해 주고 싶어 했다는 것, 그럴 일은 절대로 없겠지만 그도 아버지를 사랑할 수 있기를 원했다는 것이었다.

이 생각을 하는 김에 어머니까지 생각하자면, 어머니를 계속 응징하는 까닭은 무엇일까? 어머니는 무언가를 하기보다는 아무것도 하지 않았고 패트릭은 어머니의 손이 닿지 않는 곳에 머물렀다. 자기와 어머니 사이에는 아무런 공통점도 없고, 어머니는 그저 우연히 자기를 낳아 준 것밖에 없는 사람이라고 가정하고, 자기들의 관계는 이웃집 사람이 되는 것 같은 지리적 우연일 뿐이라고 상상하는 사춘기의 허세를 고수했었다. 어머니는 동침을 거부함으로써 아버지에게 욕구 불만을 안겼다. 하지만 패트릭은 결코 그런 이유로 어머니를 비난하고 싶지 않았다. 유년기에 성장을 멈춘 여자들은 고통에 허덕이는 여성혐오자이

자 동성연애자이며 소아성애자인 남자와의 사이에서 자식을 낳지 않는 게 좋을 테지만, 저 달의 영향하에 있는 이 세상에서 완벽한 것은 아무것도 없는 노릇 아닌가, 하고 패트릭은 경건하게 달을 바라보며 생각했다. 달은 물론 겨울철 영국 하늘이 대부분 그렇듯 탈지면 같은, 낮고 더러운 구름에 가려 있었다.

이제는 정말 내려가야 할 것이다. 시간 엄수에 집착해서 가슴 죄는 긴박감이 늘 따라붙는데도 패트릭은 시계를 차지 않았다. 시계는 히스테리와 비관적인 생각에 이의를 제기함으로써 마음을 진정시켜 줄지도 모른다. 패트릭은 월요일에는 꼭 시계를 사야겠다고 생각했다. 고미다락방에서 어떤 직관적인 진실을 파악하지 못한 채 내려가더라도 시계에 거는 기대는 적어도 일말의 희망을 제시해 주었다. 독일어에 한 단어로 '일말의 희망'을 뜻하는 말이 있지 않나? '시간 엄수를 통한 갱생, 일말의 희망, 타인의 불행은 나의 기쁨'과 같은 말들을 한 단어로 가리키는 독일어가 필시 있을 것이다. 그걸 알면 좋을 텐데, 하고 그는 생각했다.

서서히 방출되는 직관적 진실 파악이란 게 있을까? 직관적 진실 파악이 일어나는데도 그런 줄 모를 수 있을까?

아니면 그런 체험은 반드시 천사들이 나팔을 불며 나타나 순간적으로 눈이 안 보이게 되는 계시나 현현과 같은 것일까? 패트릭은 복도로 나가 내려가는 방향과 반대쪽으로 걸어가며 생각했다.

　패트릭은 모퉁이를 도는 순간, 올라올 때 보지 못한 곳이란 것을 깨달았다. 다 낡은 갈색 카펫은 어둠 속 복도 끝까지 이어졌다.

　"젠장 이 빌어먹을 집은 나가는 길이 어디지?" 패트릭은 욕설을 퍼부었다.

　"반대쪽이에요."

　패트릭은 오른쪽으로 고개를 돌렸다. 흰 잠옷을 입은 어린 여자애가 낮은 계단에 앉아 있었다.

　"욕할 의도는 아니었는데. 아니, 욕할 의도였지만 네가 엿듣고 있는 줄은 몰랐어."

　"괜찮아요. 아빠는 맨날 욕하는걸요."

　"너, 소니와 브리짓 씨 딸이니?"

　"네, 저는 벌린다예요."

　"잠이 안 와?" 패트릭은 벌린다 옆에 앉으며 물었다. 벌린다는 고개를 끄덕였다. "왜?"

　"파티 때문에요. 유모는 내가 기도를 제대로 하면 잠이 온다 그랬는데 잠이 안 왔어요."

　"너, 하느님 믿어?"

　"몰라요. 하지만 하느님이 있어도 그런 건 별로 잘하지 못해요."

　패트릭은 웃었다. "그런데 넌 왜 파티에 안 갔어?"

"허락되지 않아요. 9시에는 잠자야 하거든요."

"정말 치사하네. 내가 몰래 데려가 줄까?"

"엄마한테 들킬 거예요. 그리고 마거릿 공주님이 나더러 잠자라 그랬어요."

"그렇다면 단연코 너를 데려가야겠구나. 아니면 내가 동화책을 읽어 줄 수도 있는데."

"야아, 그러면 좋겠어요." 그리고 벌린다는 손으로 입을 막았다. "쉿, 누가 와요."

그 순간 브리짓이 모퉁이를 돌아와 패트릭과 벌린다가 나란히 계단에 앉아 있는 것을 보았다.

"여기서 뭐 해?" 브리짓이 패트릭에게 물었다.

"파티장에 돌아가려고 길을 찾다가 우연히 벌린다와 마주쳤어요."

"아니 그런데 뭘 하느라 여기 올라왔어?"

"안녕, 엄마." 벌린다가 끼어들었다.

"응, 안녕." 브리짓은 손을 내밀며 말했다.

"어떤 여자와 올라왔어요." 패트릭이 설명했다.

"아, 이거 원, 그러니까 내가 굉장히 늙은 기분이 드는구나. 경비가 하는 일이 뭔지 참."

"벌린다한테 동화책을 읽어 주려고 했어요."

"다정도 해라. 그건 내가 아주 오래전에 했어야 하는 건데."

브리짓은 벌린다를 들어 안았다. "우리 벌린다가 요즘 아주 무거워졌네." 브리짓은 끙 하고 않는 소리로 말하고는 패트릭을 향해 단호하고 경멸적인 웃음을 보냈다.

"자 그럼, 잘 자." 패트릭은 계단에서 일어나며 말했다.

"안녕." 벌린다는 하품을 했다.

"엄마가 너한테 할 말이 있는데." 브리짓은 벌린다를 안고 복도를 따라 걸어가며 말했다. "엄마는 오늘 밤 할머니하고 잘 거야. 그래서 엄마는 너도 함께 잤으면 해. 그런데 유모까지 함께 잘 자리는 없어."

"아, 잘됐다, 난 유모 싫은데."

"알아, 요것아." 브리짓이 말했다.

"근데 왜 할머니한테 가?"

그들이 모퉁이를 돌아가자 더 이상 그들의 말소리가 패트릭에게 들리지 않았다.

조니 홀은 로라에게서 피터 폴록이 그녀의 낙태 비용을 공연히 지불해 주었다는 이야기를 듣고 호기심이 일어 그를 만나 보고 싶었다. 로라가 두 사람을 서로 소개시켜 주자 피터는 '신디와 소니의 끔찍한 문제'를 언급하고 조니에게 비밀을 지킬 것을 맹세시키는 데 조금도 시간을 허비하지 않았다.

"물론 나는 그들 일을 한참 전부터 알고 있었지." 피터는 그렇게 이야기를 시작했다.

"하지만 난 전혀 몰랐어." 데이비드 윈드폴이 끼어들었다. "소니가 신디를 데려다 달라고 했을 때에도 몰랐다니까."

"그거 참 재미있네요. 난 모든 사람이 다 알고 있는 줄 알았는데." 로라가 말했다.

"어렴풋이 낌새를 알아챈 사람들은 있을지 몰라도 아무도 자세한 건 몰랐어." 피터는 잘난 척하며 말했다.

"소니와 신디, 본인들도 몰랐지." 로라는 그들을 조롱했다.

피터가 더 많이 알고 있었다는 것을 알게 된 데이비드는 슬금슬금 그들에게서 떨어져 다른 데로 갔고 로라가 그의 뒤를 따랐다.

조니와 둘이 남게 된 피터는 혹시 자기가 주었을지 모를 경박한 인상을 바로잡기 위해 자신의 '병약한 파파'를 걱정하는 말을 꺼냈다. 그러면서도 막상 아버지에게는 저녁 내내 말 한 마디 건넬 체도 하지 않았다. "그래, 부모님은 살아 계시오?" 피터가 물었다.

"원기 왕성하십니다." 조니가 말했다. "저희 어머니는 제가 최연소 영국 총리가 되었더라도 어떻게든 은근슬쩍 실망하는 인상을 주었을 겁니다. 그러니 적당히 성공한 저널리스트를 어떻게 보실지 상상이 되시겠죠. 저는 어머니를 보면 헨리 밀러에 관한 이야기가 생각납니다. 헨리 밀러가 빈센트라는 비행기 조종사 친구와 함께 임종을 앞둔 어머니를 보러 갔어요. 그런데 그 할머니가 아들을 쳐다보고 빈센트를 보더니 '내가 빈센트와 같은 아들이 있었더라면 얼마나 좋았을까' 했다는 겁니다."

"이보시오, 내가 한 말, 언론에 흘리진 않겠죠?" 피터가 물었다.

"아, 안타깝게도 《타임스》의 사설란은 아직은 별로 밀회 스캔들을 다루지 않아서 말이죠." 조니는 경멸적으로 말했다.

"오, 《타임스》." 피터는 중얼거리듯 말했다. "이젠 아주 케케묵은 생각이란 걸 알지만, 난 아직 사람은 부모에게 효도를 해야 한다고 생각해요. 나로선 효도하기가 아주 쉬웠지. 우리 어머니는 천사 같고 아버지는 법 없이도 살 분이라서."

조니는 웃는 둥 마는 둥 하고 로라가 피터에게 돈을 두 배로 불려 받아 냈더라면 좋았겠다고 생각했다.

"피터!" 마거릿 공주가 걱정스러운 표정으로 불렀다.

"어, 마마, 거기 계신 줄 못 봤습니다." 피터는 고개를 꾸벅하고 말했다.

"피터, 안에 들어가 봐야 할 것 같아요. 당신네 부친, 상태가 별로 안 좋아요."

"오 맙소사. 실례하겠습니다, 마마, 바로 가 보겠습니다."

자기가 직접 피터에게 말하겠다고 현관에서 큰 소리로 알리고 시녀를 시켜 다른 사람들이 그를 찾으러 가는 것을 막았던 공주는 자기가 베푼 친절에 스스로 대단한 감명을 받았다.

"그런데 그대는 누구요?" 공주는 가능한 한 가장 인자하게 물었다.

"조니 홀입니다." 조니는 손을 내밀며 말했다.

공화주의자답게 '마마'라는 경칭을 생략하고 손을 먼저 내밀어 악수를 청하는 용납할 수 없는 행동은 조니를 중요 인물이 아니라고 생각하게 하기에 충분했다.

"다른 많은 사람들과 이름이 똑같으면 기분이 이상할 것 같아요." 공주는 추측했다. "존 홀이라는 이름을 가진 사람이 전국에 수백 명은 있을 텐데."

"그래서 출생이라는 우연에 의존하지 않고 다른 걸로 차별되어야 한다는 걸 알게 되죠." 조니는 무심코 말했다.

"사람들이 잘못 알고 있는 게 바로 그것이지." 공주는 입술을 팽팽하게 당기며 말했다. "출생에는 우연이란 없어요."

공주는 조니가 미처 뭐라고 대답하기도 전에 획 가 버렸다.

패트릭은 계단을 내려갔다. 왁자지껄한 파티의 소음이 점점 더 크게 들려왔다. 내려가는 계단 벽에 렐리와 로렌스가 그린 초상화들이 걸려 있었고, 층계참 벽에는 레이놀즈가 그린 초상화 두 점이 자리를 다 차지했다.* 그레이브센드 가문의 유전자

---

*　　Sir Peter Lely(1618~1680). 주로 영국 궁정에서 활동한 네덜란드 화가.
　　Sir Thomas Lawrence(1769~1830). 영국 초상화가.
　　Sir Joshua Reynolds(1723~1792). 영국 초상화가.

가 광기나 소심, 탁월함의 흔한 개입이 없이 대대로 전달한 놀랄 만한 자기만족은 그 모든 화가들의 솜씨로도 도저히 표현이 불가능했다. 그들은 그렇게 명성이 자자한 화가였는데도 모델들의 처진 눈꼬리와 천치같이 오만한 표정에서 아무런 매력적인 요소도 끄집어내지 못했다.

패트릭은 벌린다 생각이 나자 거의 무의식적으로 계단을 내려가기 시작했다. 그가 벌린다 나이였을 때 압박감을 느끼면 그랬듯이 한 발을 내려디디고 다른 발을 내려 같은 계단을 단단히 밟는 동작을 반복했다. 그는 현관이 가까워 오자 돌바닥에 몸을 던지고 싶은 충동에 휩싸였다. 그러자 바로 설명할 수 없는 그 이상한 충동에 당혹스러워 그대로 멈추어 난간을 붙들었다.

패트릭은 어렸을 때 라코스트 집 계단에서 떨어지고 손을 벤 이야기를 이베트에게 수없이 많이 들었다. 비명과 깨진 유리잔, 힘줄을 벤 일에 대한 이베트의 공포는 유년기 기억에서 일반적으로 인정된 일화로 한 부분을 단단히 차지하고 있었다. 그런데 지금 바로 그 기억이 되살아나고 있었다. 그림틀들이 복도를 따라 날아가 아버지의 가슴에 박히고 니컬러스 프랫의 목을 베는 상상을 한 기억이 났다. 잔 목을 너무 꼭 쥐어 부러뜨린 데 대한 죄책감을 숨기기 위하여 계단에서 뛰어내리고 싶은 절망적인 충동이 느껴졌다. 패트릭은 계단에 선 채 모든 것을 기억해 냈다.

경비는 의심의 눈초리로 패트릭을 쳐다보았다. 패트릭과 로라를 통과시키고 나서 걱정하던 터였다. 그러다 로라가 혼자 내려오더니 패트릭은 아직 자기들 방에 있다고 해서 의심이 증폭되었다. 그런데 패트릭이 아주 이상한 행동을 보이고 있었다. 현관 바닥을 응시한 채 한쪽 다리를 질질 끌며 계단을 내려오는 것이었다. 마약을 한 모양이군, 경비는 화가 나서 그렇게 생각했다. 그는 마음대로 할 수만 있다면 패트릭과 자기들이 법 위에 있다고 생각하는 저 구역질 나는 부자들을 모두 체포하고 싶었다.

패트릭은 경비 얼굴에 적의가 가득한 것을 보고 정신을 차려 힘없이 웃고는 마지막 남은 계단을 내려갔다. 현관 건너편 열린 문의 양쪽 유리창을 통해 번쩍이는 푸른 불빛이 보였다.

"경찰이 왔어요?" 패트릭이 물었다.

"아뇨. 경찰이 아니라 구급차입니다." 경비가 딱하다는 듯이 말했다.

"무슨 일이죠?"

"손님 한 분이 심장마비를 일으켰어요."

"그게 누군지 아세요?"

"아뇨, 이름은 모릅니다. 백발의 남자분이셨어요." 열린 문으로 들어온 찬바람이 현관을 휩쓸었다. 밖에는 눈이 내리고 있었다. 패트릭은 문간에 서 있는 톰 찰스를 보고 그 옆으로 갔다.

"조지야." 톰이 말했다. "뇌출혈인가 봐. 몸은 무척 약했지만 말은 할 수 있었어. 괜찮아야 할 텐데."

"네." 패트릭은 평생 조지와 알고 지내는 사이였다. 불현듯 그가 죽으면 그리울 것이라는 생각이 들었다. 그는 패트릭을 늘 친절히 대해 주었다. 패트릭은 급히 그에게 감사하다는 말을 하고 싶었다. "어느 병원인지 아세요?"

"일단 오늘 밤은 첼트넘 병원에 있을 거야. 소니는 어떤 병원에 데려가고 싶어 하는데 응급차가 첼트넘에서 왔거든. 비싼 병실보다 중요한 건 우선 사람을 살리고 보는 거겠지."

"그럼요. 아무튼 오늘 밤 킹 집사가 여행 짐을 부리는 일이 없으면 좋겠습니다."

"조지는 가볍게 여행할 거란 걸 잊었군. 하늘나라는 여행 짐 없이 갈 수 있는 이상적인 전원의 주말 휴가라고 했잖은가."

패트릭은 웃었다. "내일 저랑 점심 전에 병원에 가 보시겠어요?"

"좋은 생각이네. 자네는 어디서 묵고 있지?"

"리틀 소딩턴 하우스 호텔입니다. 적어 드릴까요?"

"아니. 그런 이름은 잊으려야 잊을 수 없지."*

---

* Soddington의 sodding은 영국 구어에서 화가 났을 때 다른 말을 강조하는 무례한 욕설로 쓰이기 때문이다.

꿍

"탈레랑이 그랬던가," 자크 드 알랑투르가 말을 꺼내고 입을 약간 비쭉 내밀며 자신이 좋아하는 말을 인용했다. "뭐라고 했냐 하면," 그는 잠시 뜸을 들였다. "'아무것도 행하지도 말하지도 않는 것은 두 가지 큰 권력이며 남용되어서는 안 된다'고 했죠."

"그렇다면 아무도 대사님이 오늘 밤 아무것도 행하지도 말하지도 않았다는 비난을 할 수 없겠네요." 브리짓이 말했다.

"그렇지만 이 일에 대해 공주님과 이야기할 겁니다. 나는 이 일이 '알랑투르 사태'로 세상에 알려지는 걸 바라지 않으니까요." 그는 낄낄 웃었다. "이 일이 고삐 풀린 망아지가 되지 않았으면 해서요."

"마음대로 하세요. 나는 신경 껐어요." 브리짓이 말했다.

알랑투르 대사는 자기의 새로운 계획에 스스로 만족한 나머지 안주인의 무관심을 알아차리지 못하고 인사하고는 휙 돌아서 가 버렸다.

"여왕님이 부재중이실 때는 내가 통치자고 추밀원 의장이 되지요." 마거릿 공주는 흐뭇한 얼굴로 키티 해로에게 설명하고 있었다.

"마마." 알랑투르 대사는 많은 생각을 거듭한 끝에 완벽한 사과 문구를 궁리해 냈다.

"어, 아직 안 가셨소?" 공주가 말했다.

"보시다시피……" 대사가 말했다.

"아니, 지금 출발해야 하지 않아요? 갈 길이 아주 멀잖소."

"아뇨, 저는 이 집에서 묵습니다." 대사는 항변했다.

"그렇다면 내일 넘치게 서로 보게 되겠구려, 저녁 내내 수다떨 필요 없이." 공주는 대사에게 등을 돌렸다.

"저기 저 사람은 누구죠?" 공주는 키티에게 물었다.

"알리 몬터규입니다, 마마." 키티가 말했다.

"아, 그렇지, 어디서 들어 본 이름이야. 저 사람 좀 내게 소개시켜 주게." 마거릿 공주는 말을 마치자마자 알리가 있는 쪽으로 가 버렸다.

키티가 알리 몬터규를 마거릿 공주에게 소개시켜 주는 동안 대사는 당황해서 아무 말도 못 하고 서 있기만 했다. 그는 또 다른 외교 분쟁에 직면했는지 아니면 이전 외교 분쟁의 연장선상에 있는지 알 수 없었다.

"그런데 저는 프랑스 사람들을 좋아합니다." 알리 몬터규가대담하게 말했다. "그들은 기만적이고 교활하고 표리부동하죠. 그래도 저는 그들과 잘 어울립니다. 그리고 더 아래쪽에 있는이탈리아 사람들도 겁쟁이들이지만 저는 그들과는 더 잘 어울리죠."

공주는 약간 심술궂은 얼굴로 그를 쳐다보았지만, 다시 기분이 좋아졌기 때문에 그 말을 알리가 웃기려고 한 말로 치부했다.

알렉산더 폴리츠키는 나중에 알리를 찾아내 "공주를 썩 잘 다루었다"고 축하했다.

"응, 어전에서 내가 당연히 해야 할 일을 했지." 알리는 유유히 말했다. "그런데 말이지, 그 끔찍한 어맨다 프랫은 별로 잘 다루지 못했네. 왜 알잖은가, 사람들이 중독자 갱생 프로그램에 들고 그 모든 모임에 나가기 시작하면 얼마나 끔찍하게들 구는지. 물론 그래서 목숨을 건지기는 하지."

알렉산더는 콧방귀를 뀌고 느른하게 실내의 중간쯤을 바라보았다. "나도 그런 모임들에 가 봤지."

"아니, 자네는 음주 문제는 없었잖아."

"헤로인, 코카인, 좋은 집, 좋은 가구, 예쁜 여자들, 모두 가져봤지, 그것도 아주 많이. 그런데 말이야, 그런 걸로 행복해지지는 않더라고."

"솔직히 처음 그 모임에 나갈 때 난 내가 게인즈버러* 그림에 청바지를 그려 넣은 것처럼 눈에 띌 줄 알았는데, 그 모든 런던

★　　Thomas Gainsborough(1727~1788). 영국 초상화가.

상류 집안의 응접실보다 그 모임에서 더 많은 진실된 사랑과 친절을 발견했다네."

"글쎄, 그건 별로 특별할 게 없지. 빌링스게이트 수산 시장엘 가도 그럴 수 있을 테니까."

"그들 중 문신을 한 푸주한이나 그 위로 누구든 내 도움을 필요로 하면 나는 새벽 3시에 인버네스*라도 운전해 갈 걸세." 알렉산더는 어깨를 뒤로 젖히고 눈을 감으면서 말했다.

"인버네스에? 어디서?" 알리가 물었다.

"런던."

"저런!" 알리가 소리쳤다. "나도 언제 저녁에 시간이 있으면 그 모임에 한번 나가 봐야겠군. 하지만 중요한 건, 자네가 말한 그 문신 있는 푸주한을 저녁 식사에 초대하겠냐는 거지."

"물론 아니지. 하지만 그건 그 친구가 불편해할 테니까 그런 것뿐이야."

"앤! 여기서 뵙게 될 줄은 몰랐어요." 패트릭이 말했다.

"그러게." 앤 아이즌은 다정하게 그의 볼에 키스했다. "내 취미에 맞지 않는 파티니까. 난 영국 시골에만 오면 신경과민이 돼. 사람들이 온통 짐승 죽이는 얘기들을 해서."

★ 영국 북부 스코틀랜드 고지의 도시. 남쪽 끝 런던에서 보면 거의 북쪽 끝인 셈이다.

"소니의 세계에서 그런 얘기는 듣지 못하실 거예요."

"그러니까 그건, 반경 몇 마일 이내에 살아 있는 짐승은 이제 없다는 말이겠지. 나는 소니의 아버지가 **비교적** 교양 있는 사람이라 온 거야. 집 안에 흙 묻은 옷과 장화를 벗어 두는 방이나 포도주 저장실뿐만 아니라 서재가 있다는 사실에도 관심을 기울인 사람이거든. 빅터 친구라고 할 수 있는데, 간혹 우리를 여기에 불러 주말을 지내고 가게 하곤 했지. 당시 소니는 애였는데, 그때 벌써 거만하고 기분 나쁜 녀석이었지. 어휴." 앤은 실내에 있는 사람들을 관찰했다. "모두 정말 징글징글하군. 저 사람들은 센트럴 캐스팅*에 냉동되었다가 큰 행사가 있을 때 해동되어 나오는 걸까?"

"그러면 얼마나 좋겠어요. 그런데 불행히도 저 사람들은 시골 지역 대부분을 소유하고 있을 거예요."

"저들은 개미 군락보다 약간 더 유리할 뿐이야. 유용한 일은 아무것도 하지 않는다는 점에서는 그렇지 않지만. 라코스트 집의 개미들 기억나? 그 개미들은 항상 테라스를 깨끗하게 치워 주었잖아. 유용한 일 이야기가 나왔으니 말인데, 너는 앞으로 무슨 계획 있어?"

"흠."

★　Central Casting. 미국 로스엔젤레스에서 시작된 영화 엑스트라 전문 캐스팅 회사.

PATRICK MELROSE NOVELS

"어이구! 너는 최악의 죄를 짓고 있어."

"그게 뭐죠?"

"시간 낭비." 그녀가 답했다.

"알아요. 내가 요절하기엔 나이를 너무 많이 먹고 있구나 하는 걸 깨달았을 때 적잖은 충격을 받았죠."

앤은 화가 나서 화제를 바꾸었다. "올해 라코스트에 갈 거니?"

"모르겠어요. 세월이 흐를수록 그곳이 더 싫어져요."

"나는 늘 너한테 사과할 마음을 먹고 있었어. 그런데 그때마다 네가 그걸 받아들이기엔 너무 약에 취해 있었지. 어느 날 저녁에 너희 부모가 초대한 불쾌한 디너파티에서 네가 계단에 앉아 기다리고 있었는데 아무것도 하지 못한 것 때문에 나는 오랜 세월 죄책감을 느꼈어. 내가 너한테 엄마를 불러 주겠다고 했는데 그러지 못했지. 그때 나라도 너한테 다시 가 봐야 했어, 아니면 너희 아버지한테 저항하거나, 무엇이든 했어야 했어. 난 늘내가 너를 저버린 것 같았단다."

"전혀 그렇지 않아요. 그 반대로 저는 앤 아주머니가 제게 친절했던 걸로 기억하고 있어요. 아무리 드물더라도, 어릴 때 친절한 사람을 만나고 안 만나고는 차이가 커요. 그런 친절은 공포의 일상 속에 묻힐 거라고 생각할 수 있겠지만, 사실 그런 작지만 친절한 행위들은 마음속에 뚜렷이 부각되거든요."

"아버지를 용서했어?"

"아주 묘하게도 그 말씀을 알맞은 때 꺼내시는군요. 일주일 전만 해도 저는 거짓말을 하거나 무언가 경멸적인 말을 했을 거예요. 그런데 오늘 마침 무엇에 대해 아버지를 용서해야 할지, 바로 그걸 설명하면서 저녁을 먹었거든요."

"그래서?"

"글쎄요, 저녁을 먹을 때는 용서에 반대하는 쪽이었어요. 지금도 유화 정책보다는 초연한 마음이 저를 자유롭게 해 줄 거라고 생각해요. 예수에 관한 이야기에 근거하지 않고 순전히 인간적인 자비를 상상할 수 있다면 그 자비를 그리도 불행했던 아버지에게 베풀 수 있을지도 모르겠어요. 다만 신앙심에 근거한 용서는 할 수가 없어요. 평생에 겪을 죽을 고비를 이미 넘치게 겪었지만 깜깜한 터널 반대편에 흰옷 입은 천사가 저를 맞이한 적은 단 한 번도 없어요. 아니, 한 번 있긴 했었죠, 그런데 나중에 보니 채링크로스 병원 응급실의 지친 수련의더라고요. 회복을 위해선 먼저 깨져야 한다는 말도 일리가 있지만, 회복이 수많은 엉터리 화해로 이루어질 필요는 없잖아요!"

"참된 화해를 하면?"

"오른뺨을 맞으면 왼뺨도 내밀라는 혐오스러운 미신보다 제 마음을 더 흔드는 건 아버지가 감수한 극심한 불행이에요. 할머니가 제1차 세계 대전 때 쓴 일기를 우연히 발견해서 읽은 적이 있어요. 시골의 어떤 큰 집에서 완벽한 오이 샌드위치로 독일

황제에 저항하면서 용케도 얼마나 훌륭하게 품위를 유지하고 사는지에 대한 긴 글과 잡담거리로 가득한 일기를 한참 읽다가 짧은 두 문장이 특별히 눈에 띄었어요. '제프리가 또 부상을 당했다.' 이건 참호 진지에 있던 남편에 관한 겁니다. 그리고 초등학교에 다니는 아들에 대해서는 '데이비드가 구루병에 걸렸다'라고 적혀 있었어요. 짐작건대, 그 아들은 영양실조에 걸렸을 뿐 아니라 소아성애증이 있는 학교 선생에게 폭행을 당하기도 하고 상급반 학생들한테 얻어맞기도 했을 거예요. 어머니의 냉담과 공인의 성적 도착, 바로 그 둘의 전통적인 결합이 아버지를 그렇게 훌륭한 인물로 만드는 데 기여한 것이죠. 하지만 누군가를 용서하기 위해서는 그 사람이 어느 정도 유전적 특징이나 사회 계급과 양육이 제시하는 파멸적 경로를 바꾸려는 노력을 기울였다고 확신할 수 있어야 할 거예요."

"그 경로를 바꾸었다면 용서가 필요한 상황에 이르지 않았겠지. 그래서 용서란 게 있는 거야. 어쨌든 난 네가 아버지를 용서하지 않는다고 나쁘다는 말을 하는 게 아니라 그 증오에 얽매여 있어서는 안 된다는 거야."

"얽매여 있는 건 의미가 없죠. 하지만 자유로워진 척하는 건 더 의미가 없어요. 저는 어떤 거대한 전환점 앞에 서 있는 것 같아요. 그건 어쩌면 다른 무언가에 흥미를 느끼는 것과 같은 단순한 것일지도 모르지만."

"그게 뭔데? 더 이상 아버지 비난 그만하기? 마약 끊기? 우월 의식 부리지 않기?"

"가만 좀 계세요." 패트릭은 휴 하고 숨을 내쉬었다. "뭐랄까, 오늘 밤 순간적인 환각을 겪었어요, 세상이 진짜라는……"

"'세상이 진짜라는 환각'—너 교황이 되어야겠구나."

"진짜 세상. 젖은 보도에 비친 주황색 불빛, 자동차 앞 유리에 들러붙은 잎사귀, 비 오는 도로를 달리는 택시 타이어가 물을 차올리는 소리와 같은 단순한 일련의 느낌으로 이루어진 게 아 닌 진짜 말이에요."

"겨울 느낌이네."

"뭐, 2월이잖아요. 아무튼 잠시 세상이 탄탄하고 저 밖에 있고 사물로 이루어진 것같이 생각되었어요."

"그만하면 발전했네. 너는 '세상은 한 편의 개인 영화'라는 것 을 신봉하는 부류였잖아."

"실망이 있어야 비로소 포기를 할 수 있죠. 쾌락과 고통이 동 시적인 것이 되고 내 눈물을 받아 주사를 놓는 것이나 마찬가지 인지도 모를 지경이 되었을 때 비로소 약물을 끊었어요. 부자가 빈자보다 더 흥미롭다거나, 작위를 가진 자가 그렇지 않은 자보 다 더 흥미롭다는 순진한 믿음에 대해 말하자면, 그들은 다른 이들과 관계로 더 흥미로워진다는 것을 우리가 믿지 않으면 그 믿음은 유지되기 어려울 거예요. 저는 바로 그 믿음, 그 망상의 단말마가 느껴져요. 유력 인사와 사진에 찍힐 기회로 가득한 이곳을 돌아다니면서 제 마음이 권태에 사로잡히는 것을 느낄 때 특히 그래요."

"그건 너 자신 탓이야."

"'아버지 비난하기'에 대해 말하자면," 패트릭은 앤의 지적을 무시하고 말을 이었다. "오늘 저녁은 아버지가 제게 미친 영향을 생각하지 않고도 아버지에 대해 생각했어요. 자기 인생을 스스로 망친 지친 노인네로, 여름에 늘 입던 그 빛바랜 파란색 셔츠에 숨을 쌕쌕 쉬며 말년을 보낸 노인네로 말이죠. 그 끔찍한 집, 그 안뜰에 앉아 《타임스》 십자말풀이를 하는 아버지를 상상해 봤어요. 그러자 아버지가 더 불쌍하고 더 **평범한** 사람으로, 결국은 관심을 기울일 가치가 없는 사람으로 여겨지더군요."

"나도 지독했던 우리 어머니를 그렇게 생각해. 대공황 시기, 어떤 사람들한테는 그 시기가 끝나지 않았지, 아무튼 그때 어머니는 집 없는 고양이들을 데려와 먹이를 주고 돌보아 주었어. 그러다 보니 집이 온통 고양이 천지가 되었지. 난 겨우 어린아이였어, 그러니까 당연히 고양이들을 좋아해서 데리고 놀았지. 그런데 가을이 오자 우리 미친 어머니가 글쎄 혼자 '고양이들은 겨울을 나지 못할 거야, 고양이들은 겨울을 나지 못할 거야'라고 중얼거리는 거야. 고양이들이 겨울을 나지 못한 이유는 단 하나, 어머니가 타월에 에테르를 적셔서 옛날 놋쇠 세탁기에 넣더니 거기에 고양이들을 넣고는 고양이들이 '잠이 들었을' 때 세탁기 스위치를 켜서 그 가엾은 녀석들을 익사시켰기 때문이지. 우리 집 마당은 고양이 묘지가 되었지 뭐야. 나중에 어디 구멍을 파거나 놀이를 할 때마다 작은 고양이 해골이 땅 위로 드러나곤 했어. 고양이들이 세탁기에서 기어 나오려고 벽을 긁어 대던 끔찍한 소리가 생각나. 나는 높이가 내 키만 한 식탁 옆에 서 있었어. 어머니가 고양이들을 세탁기에 넣을 때 내가 '하지 마, 제발 하지 마!' 했지만, 어머니는 그저 '고양이들은 겨울을 나지 못할 거야'라는 말만 중얼거렸지. 어머니는 몹시 창백했고 완전히 실성했지. 하지만 나는 어른이 되었을 때 어머니에게 최악의 벌은 어머니 자신일 거라는 생각을 했어. 그러니 내가 거기에 더 보탤 필요는 없었지."

"앤 아주머니께서 영국 시골에 오시면 불안해지는 것도 무리는 아니군요. 사람들이 짐승 죽이는 이야기를 하니까요. 어쩌면 정체성이란 그게 전부인지도 모르겠어요. 자신의 경험에서 필연을 발견하고 그 필연에 충실하게 사는 것. 빅터가 지금 여기 있으면 참 좋을 텐데!"

"그러게 말이야, 가엾은 빅터. 하지만 빅터는 심리학 외적인 방법으로 정체성에 접근하는 길을 찾고 있었지." 앤은 쓴웃음을 지으며 패트릭에게 상기시켜 주었다.

"저는 언제나 그걸 이해할 수 없었어요. 그건 마치 영국에서 미국으로 가는데 육로로 가겠다고 고집하는 것처럼 여겨졌거든요."

"철학자에게는 영국에서 미국으로 가는 육로가 있지."

"아, 참, 그건 그렇고, 조지 와트퍼드가 뇌출혈을 일으킨 거 들으셨어요?"

"응, 참 안됐어. 옛날 너희 집에서 그 사람을 만난 기억이 나."

"한 시대가 끝났어요."

"파티도 끝났구나. 저 봐, 악단이 철수하네."

로빈 파커가 서재에서 '은밀한 이야기'를 했으면 좋겠다고 했을 때 소니는 생일 파티를 그 비참한 서재에서 면담을 하느라다 보낸 기분이었을 뿐 아니라, 의심한 바와 같이(이 생각에 이르자 잠시 멈춘 소니는 저도 모르게 자신의 통찰력이 자랑스러웠다) 로빈이 돈을 더 뜯으려고 협박할 것 같은 생각이 들었다.

"그래, 할 얘기가 뭐야?" 소니는 서재 책상에 다시 앉으며 퉁명스럽게 말했다.

"푸생이 아니야." 로빈이 말했다. "그래서 그걸 푸생 그림으로 인증하고 싶지 않아. 전문가들을 포함해서 다른 사람들은 그걸 푸생 그림이라고 생각할지 모르지만 나는 그게 푸생이 그린 게 아니란 걸 **알아**." 로빈은 한숨을 쉬었다. "내 증서 돌려주게. 물론 나도 감정 수수료를…… 돌려주겠네." 로빈은 두터운 봉투

두 개를 테이블 위에 놓았다.

"무슨 헛소리야?" 소니는 혼란스러웠다.

"헛소리가 아니야. 푸생에게 공평하지 않아서 그래, 그게 다야." 로빈은 뜻밖에도 격정적으로 말했다.

"푸생과 그게 무슨 상관이야?" 소니는 고함쳤다.

"아무런 상관도 없어, 바로 그래서 내가 거부하는 거야."

"돈을 더 원하는가 보군."

"틀렸네. 난 내 인생의 어떤 부분은 불명예스러운 타협을 하고 싶지 않은 것뿐이야." 로빈은 인증서를 달라고 손을 내밀었다.

격분한 소니는 호주머니에서 열쇠를 꺼내 책상 첫 번째 서랍을 열고 증서를 꺼내 로빈에게 집어던졌다. 로빈은 고맙다는 말을 남기고 나갔다.

"지겨운 놈." 소니는 투덜댔다. 정말 재수 없는 날이었다. 아내를 잃고 정부를 잃었는데 푸생까지 잃었다. 야, 기운 내, 소니는 속으로 말했다. 그러나 그는 자기 심리가 확실히 불안정한 상태란 것을 인정하지 않을 수 없었다.

버지니아는 응접실 문 옆의 연한 금색 의자에 앉아 딸과 손녀가 내려오기를 초조히 기다렸다. 그러면 장시간 차를 타고 켄트로 돌아갈 계획이었다. 켄트까지는 대단히 먼 거리였다. 버지니아는 이 안 좋은 분위기에서 탈출하고 싶은 브리짓의 마음을 십분 이해했다. 그리고 벌린다도 데려가자고 브리짓을 부추겼다. 버지니아는 이와 같은 위기를 거치는 한이 있더라도, 자기가 **필요한** 사람이 된다는 것, 브리짓을 다시 가까이에 둔다는 것이 좋았고, 죄책감이 조금 들기는 했지만 그런 마음을 스스로에게 숨길 수 없었다. 버지니아는 이미 자기 외투와 필수품들을 챙겼다. 여행 가방을 안 가져가도 괜찮았다. 브리짓이 나중에 짐꾼을 보내 가져오게 하면 된다고 했다. 버지니아는 이목을 끌고 싶지 않았다. 외투만으로도 의심을 사기에 충분했다.

사람들이 점점 줄었다. 사람들이 너무 적어지기 전에 떠나는 게 중요했다. 안 그러면 소니가 브리짓을 괴롭히기 시작할지 모를 일이었다. 브리짓은 원래 성격이 강하지 못했다. 어렸을 때는 늘 약간 겁을 먹은 아이였다. 머리가 물에 잠기는 것과 같은 그런 일들을 싫어했다. 자식에 대해 엄마만이 알 수 있는 것들이었다. 브리짓은 소니가 큰 소리를 내면 겁을 먹고 결심이 흔들릴지 모른다. 그러나 버지니아는 신디 스미스 일을 겪은 딸에게 필요한 것은 충분한 휴식과 올바른 생각임을 잘 알고 있었다. 버지니아는 브리짓에게 옛날에 쓰던 방을 쓰겠느냐고 물었지만—로디가 말하기 좋아했듯이, 인간의 정신이 어떻게 작용하는지 정말 놀라웠다—"솔직히, 엄마, 나도 모르겠어요. 그건 나중에 생각해요"라고 반응한 것으로 봐서, 그것은 브리짓을 성가

시게 할 뿐인 듯했다. 다시 생각해 보니 그 방은 벌린다에게 주고 브리짓에게는 화장실이 딸린 쾌적한 빈방을 주는 게 좋을 것 같았다. 혼자 살고 있어서 방은 충분했다.

어떤 때는 위기가 결혼 생활에 유익했다. 물론 언제나 그렇지는 않다. 그렇다면 그건 사실 위기가 아닐 것이다. 버지니아와 로디 사이에도 그런 위기가 한 번 왔었다. 그때 버지니아는 아무런 말도 하지 않았지만, 로디는 버지니아가 아는 것을 알았다. 버지니아는 자기가 안다고 로디가 알고 있다는 것을 알았다. 그 것으로 위기를 끝내기에 충분했다. 로디는 두 번째 약혼반지라며 버지니아에게 반지를 사 주었다. 정말이지 로디는 그렇게 마음이 부드러운 사람이었다. 어머나! 어떤 사람이 버지니아를 향해 오고 있었다. 버지니아는 그 사람이 누구인지 몰랐지만 무슨 말을 하러 오는 것은 분명했다. 버지니아는 전혀 원하지 않는 상황이었다.

자크 드 알랑투르는 너무 괴로워 잠이 오지 않았다. 그리고 술을 많이 마셨다는 자클린의 경고를 듣고도 너무 우울해서 샴페인을 한 잔 더 마시고 싶은 마음을 물리치지 못했다.

그는 매력 전문이었다. 그것을 모르는 사람은 없었다. 그러나 이제 '알랑투르 사태'라고 부르는 일이 일어난 뒤, 그는 외교적 미로에 빠져 있었다. 그곳에서 벗어나려면 한 인간에게 합리적으로 기대할 수 있는 것보다 더 많은 매력과 기지가 필요한 듯했다. 버지니아는 어쨌든 안주인의 어머니였다. 그러니 마거릿 공주의 호의를 회복하기 위한 알랑투르의 작전에서 버지니아에게 주어진 역할은 비교적 분명했다.

"안녕하십니까, 부인." 대사는 깊이 고개 숙여 인사했다. 외국식 예절이군, 버지니아는 생각했다. 로디가 말하던 '손등에 키스하고, 상대방의 어머니를 파는 유형'이었다.

"이 댁의 매력적인 안주인의 어머니이시죠?"

"네."

"제 이름은 자크 드 알랑투르입니다."

"아, 네, 안녕하세요?"

"샴페인 한 잔 가져다 드릴까요?" 대사가 물었다.

"아뇨, 괜찮아요. 두 잔 이상은 마시고 싶지 않아요. 어쨌든 저는 다이어트 중이에요."

"다이어트요?" 알랑투르 대사는 자기의 외교 수완이 아직 건재하다는 것을 세상에 증명해 보일 기회를 포착했다. "다이어트요?" 그는 얼떨떨해하면서 믿기지 않는다는 듯이 말했다. "하지만 왜요오?" 그는 마지막 말을 할 때 뜸을 들여 놀라움을 강조했다.

"여느 사람들과 같은 이유지 뭐겠어요." 버지니아는 건조하게 말했다.

알랑투르 대사는 그녀 옆에 앉았다. 다리를 쉬게 되어 다행이었다. 자클린 말이 맞았다, 그는 샴페인을 너무 많이 마셨다. 그러나 작전은 계속되어야 한다!

"여자가 제게 다이어트를 한다는 말을 하면," 대사는 정중하게 말했지만 발음이 분명하지 않았고, 오랜 세월 같은 말을 해왔기 때문에 능변은 줄어들지 않았다(파리에서 독일 대사의 아내에게 써서 큰 성공을 거두기도 했다), "저는 언제나 이렇게 여자의 젖을 잡고," 대사는 한 손을 오므려 놀란 버지니아의 가슴에 위협적으로 가까이 가져가서, "이렇게 말합니다. '아니, 보니까 딱 알맞은 체중인 것 같은데요!' 제가 부인께 이와 같은 말을 해도 충격을 받지는 않으시겠죠?"

"충격," 버지니아는 침을 꿀떡 삼켰다. "이라기보다 나는—"

"그게 말이죠," 알랑투르 대사는 버지니아의 말을 잘랐다. "그건 세상에서 가장 자연스러운 현상입니다!"

"어머나! 제 딸이 왔어요."

"어서 가요, 엄마." 브리짓이 말했다. "벌린다는 차에 있어요, 소니와 마주치고 싶지 않아요."

"그래, 브리짓, 간다. 만나서 반가웠다는 말은 못 하겠군요." 버지니아는 대사에게 퉁명스럽게 말하고 서둘러 딸의 뒤를 따라갔다.

알랑투르 대사는 서두르는 여자들을 따라가기에는 너무 느렸다. 그는 그 자리에 선 채로 "제 깊은 소감을…… 이루 다 말로 표현할 수 없습니다…… 굉장히 근사한 모임……"

브리짓이 어찌나 빨리 지나가는지 손님들은 칭찬의 말을 하거나 브리짓을 불러 세울 겨를이 없었다. 어떤 이들은 브리짓이 조지 와트퍼드를 뒤따라 병원에 가는가 보다고 생각했다. 누가 보아도 브리짓에게 중요한 용무가 있다는 것을 알 수 있었다.

브리짓은 차에 올랐다. 캐럴라인 폴록이 사라고 설득해서 산 사륜구동 스바루였다. 뒷좌석에서 안전벨트를 하고 잠든 벌린다와 조수석에 앉아 푸근하고 안심시키는 웃음을 머금은 어머니를 보자 안도와 죄책감이 동시에 파도처럼 밀려왔다.

"나는 엄마를 함부로 대할 때가 있었는데." 브리짓은 불쑥 말을 꺼냈다. "속물처럼."

"아니다, 얘야, 엄마는 이해해." 버지니아는 가슴이 울컥했지만 현실적인 태도를 취했다.

"엄마를 그 끔찍한 사람들과 저녁을 먹으라고 보내다니 내가 뭐에 씌었었나 봐요. 모든 게 엉망이 되고. 소니의 멍청하고 과장된 생활에 맞추고 싶은 마음이 크다 보니까 그 외의 모든 게 뒷전이었어요. 어쨌든 우리 셋이 함께 있어서 기뻐요."

버지니아는 벌린다가 잠들었는지 확인하려고 고개를 돌려 뒤를 흘긋 보았다.

"내일 실컷 얘기해." 버지니아는 브리짓의 손을 꼭 쥐었다. "이제 출발하는 게 좋을 것 같구나, 갈 길이 멀어."

"맞아요." 브리짓은 갑자기 울고 싶었지만 바삐 시동을 걸고,

그곳을 빠져나가는 손님들의 차량 행렬로 빽빽한 진입로에 줄을 섰다.

집을 뒤로하는데 눈이 여전히 사부자기 내리고 있었다. 패트릭의 호흡에 섞여 나오는 김이 세워진 외투 옷깃을 휘감았다. 발자국이 그의 앞에 이리저리 널려 있었다. 눈부신 눈밭에서 거무스름하게 젖은 자갈 조각들이 반짝였다. 파티의 소음이 귀에 울렸고 담배 연기와 피로로 충혈된 눈은 찬 공기를 맞아 눈물을 냈지만, 주차한 차에 이르자 조금 더 걷고 싶었다. 그는 가까이에 있는 문을 지나서 아무도 밟지 않은 눈밭으로 뛰어들었다. 눈밭 끄트머리에 백랍 빛의 장식에 불과한 호수가 있고, 호수 건너편 기슭은 안개가 자욱해 보이지 않았다.

눈밭을 뽀득뽀득 밟으며 걸어갈수록 거죽이 얇은 구두는 점점 더 젖어 들었고, 이내 발이 시렸지만, 흥미진진하면서도 이해할 수 없는 어떤 불가항력적인 꿈인 양, 호수는 그를 기슭으로 끌어당겼다.

패트릭은 물 안쪽으로 몇 야드 침투해 있는 갈대숲 앞에 섰다. 덜덜 떨면서 마지막 남은 담배를 피울까 말까 하는데, 호수 건너편 안개 속에서 날갯짓 소리가 들려왔다. 백조 한 쌍이 안개 속에서 점점 모습을 드러냈다. 안개가 백조의 백색을 응집시키자, 그 윤곽이 드러났다. 백조의 요란한 날갯짓 소리는 흰 장갑을 끼고 치는 박수처럼 소록소록 내리는 눈에 덮여 둔하게 들렸다.

거친 놈들, 패트릭은 생각했다.

그의 생각에 무관심한 백조들은 눈으로 새로워진 눈밭에 소리를 죽이고 날아가다 기슭 위에서 빙 곡선을 그리며 돌아가 물갈퀴 발을 펴고 자신만만하게 물에 내려앉았다.

패트릭은 구두가 흠뻑 젖은 채 서서 마지막 남은 담배를 피웠다. 몸은 피곤에 지치고 대기는 고요 속에 완전히 잠겼어도, 그는 자신 속에서 말하고 싶은 욕구에 지배되지 않는 부분이라고밖에 달리 표현할 수 없는 영혼이 마치 놓여나기를 갈구하는 연처럼 꿈틀거리며 솟아오르는 것을 느꼈다. 그는 아무런 생각 없이 발치의 죽은 나뭇가지를 집어 있는 힘껏 멀리 던졌다. 그것은 빙글빙글 돌며 호수의 희미한 회색 중심을 향하여 날아갔다. 힘없는 잔물결이 갈대를 건드렸다.

그렇게 무용한 여행을 한 백조들은 도도히 미끄러지듯 헤엄쳐 안개 속으로 되돌아갔다. 더 가까운 곳에서는 갈매기 떼가 머리 위를 빙빙 돌며 시끄럽게 울었다. 그들의 깍깍거리는 울음소리는 더 거친 물이 있는 넓은 기슭의 정경을 생각나게 했다.

패트릭은 피우던 담배를 눈밭에 툭 던지고, 마음속에 일어난 감흥이 무엇인지 확실히 알지 못한 채, 정신이 고양된 듯한 이상한 느낌만을 품고서 주차장으로 발길을 돌렸다.

잔인과 기억의 문제, 그리고 희망

『일말의 희망』은 1994년에 출간되었고, 1998년에『괜찮아』,
『나쁜 소식』과 함께 '패트릭 멜로즈 3부작'으로 다시 출간되었
다.『괜찮아』는 주인공 패트릭 멜로즈가 어렸을 때 영국 귀족인
아버지에게 성폭력을 당한 이야기이고,『나쁜 소식』은 마약 중
독자가 된 패트릭이 아버지의 유해를 가지러 뉴욕으로 가서 보
낸, 마약 편력으로 점철된 하루 동안의 이야기이다. 그리고『일
말의 희망』은 서른 살이 된 패트릭이 귀족이 주를 이루는 상류
사회의 파티를 배경으로 기억과 용서에 대한 철학적 모색을 하
고, 어떤 구원을 향한 '일말의 희망'을 엿보는 이야기이다.

3권까지는 패트릭의 아버지에 대한 것이라면 그다음 권『모
유』와『마침내』는 어머니에 대한 것이라고 할 수 있다. '제 자식

은 불속에 떨어지는데도 에티오피아의 수많은 고아들을 구제하느라 바빴던 그 원거리 자선가 젤리비 부인 같았던'(112쪽) 어머니에 대해서는 그 두 권에서 좀 더 자세히 알 수 있다. 그래서인지 스페인어 번역판은 첫 3부작을 '아버지'라는 제목으로 냈고, 그 후에 나온 『모유』와 『마침내』는 '어머니'라는 제목으로 냈다. 이렇게 해서 총 다섯 권은 '패트릭 멜로즈 소설 5부작'을 이룬다.

『일말의 희망』에서 우리는 이미 마약을 끊은 패트릭과 만난다. 마약을 끊었고 서른 살의 성인이지만 유년기의 악몽은 여전하다.

아버지에 대한 기억은 아직도 패트릭에게 최면을 걸었다. 그러면 그는 몽유병자처럼 그 기억에 이끌려 모방의 벼랑을 향해 갔다. (20쪽)

패트릭은 아버지처럼 되고 싶지 않았다. 하지만 마약을 끊으려는 몸부림은 '아버지처럼 되지 않으려는 몸부림을 위장한 것에 지나지 않는다'(19쪽)고 스스로 분석한다. 패트릭은 항상 분열적인 삶을 살아 왔다.

평생 동시에 두 곳에 있어야 할 필요 때문에 지쳤다. 몸 안에 있는 동시에 몸 밖에, 침대에 있는 동시에 커튼 봉에 있어야 했다. 한쪽 눈은 안대를 하고 다른 쪽 눈은 안대를 보았다. 의식 불명이 되어 관찰을 중단하려고 하면 의식 불명의 언저리를 관찰해서 어둠을 밝히지 않을 수 없었다. (14쪽)

우리는 『괜찮아』를 통해 '커튼 봉'의 도마뱀붙이가 무엇을 의미하는지 잘 알고 있다. 그 분열적인 의식을 안고 괴로움과 공포에 몸부림치던 패트릭, 그에게 '빈정거림'은 당연한 태도인 듯하다. '공포를 경멸로 바꾸는 기계가 되는 것'(20쪽) 말고는 과거로부터 도망칠 다른 수단이 그에게는 없는 것이다.

귀족이었던 아버지의 공포에서 벗어날 수단은 역설적이게도 그에게서 체득한 경멸이었다. 그 경멸은 대상을 가리지 않는다. 그것은 패트릭이 속한 사회의 구성원들에 대한 관찰에서도 드러난다. 세습 영지를 가진 귀족 피터는 300년 동안 대를 이어온 소작인에 대해 "소작 조건을 생각하면 그러기 쉽지 않을 텐데, 창의적 기상들이 얼마나 부족하면 붙어 있겠나"라고 친구에게 말한다. 영국인은 "'배경'을 가진 부류를 너무 좋아"(45쪽)한다고 말하는 것도 잊지 않는다.

『나쁜 소식』에서 마약에 취해 복화술사의 인형처럼 자신의 의지와 상관없이 다양한 인물을 흉내 내던 패트릭은 『일말의 희망』에서는 '말라리아 모기가 들끓는 정체된 습지'같은 자기혐오의 늪에 빠져 '20대 초 극적인 분열을 동반한 비아냥거리는 배역들'(99쪽)을 그리워한다. 그리고 그들을 불러내려 하지만 그 환상 속의 인물들은 마약을 끊은 그에게는 더 이상 관심이 없다. 그는 과거에 마약이 주던 흥분의 격렬함에 대한 일종의 향수를 느끼는 것으로 만족할 뿐이다.

패트릭은 과거의 기억에서, 그 외상에서 벗어나고 싶어 한다. '분열로 시작해서 계속해서 분열되는 듯'한 정체성을 떨쳐 버리고 '견고한 입지'(99쪽)를 갈구하는 그는 파티에 가기 전에 절친한 친구 조니 홀에게 어렸을 때의 비극적인 일을 고백한다.

파란 불사조 무늬의 쭈글쭈글한 침대보, 꼬리뼈 부근에 묻은 차가운 점액, 허둥지둥 지붕 위로 달아났던 일. 이것은 말할 준비가 되지 않은 기억이었다. (114쪽)

누구든 그런 이야기를 어떻게 할 수 있을까? '유창한' 말솜씨의 패트릭이라도 기억 속에 형상으로 머물기만 하던 그것을 어떻게 말로 해야 할지 알 수 없었다. 조니가 보기에 놀랍게도 패트릭의 눈은 '눈물로 흐려져 있었다.' 무슨 일이 있었는지 누군가에게는 말해야 했다. 그게 누구라도 좋은데, 절친한 친구에게 못 할 까닭이 없다. 결국 그는 그 일을 처음으로 말한다.

"이젠 증오하기도 지쳤어. 계속 이런 식으로 살 수는 없어. 증오 때문에 그 일에 속박되는 건데, 나는 더 이상 어린애로 있고 싶지 않아." (115쪽)

그러나 불만스럽게도 '카타르시스는 없었다.'(117쪽) 그는 자기가 너무 추상적으로 말해서 그랬는지도 모른다고 분석한다. '아버지'는 패트릭이 가진 '여러 정신적 장애의 집합을 가리키는 암호명'이 되어 있었던 것이다. 생각으로 수없이 되풀이했기 때문일까. 어두운 기억과 악몽은 원천적으로 말로는 털어 낼 수 없는 것일까.

그렇지만 그는 복수도 용서도 하지 못한다. 아버지는 이미 고인이 되었기 때문에 복수는 하고 싶어도 못하고 용서할 생각은 없다.

하지만 복수로든 용서로든 엎지른 물을 주워 담지는 못해. 복수와 용서는 지엽적인 구경거리지. 그중 용서는 더 매력 없어. 용서는 박해자에게 부역하는 것을 의미하니까. (124쪽)

패트릭에게 어떤 장점이 있다면 그것마저도 증오의 대상인 아버지에게서 나온 것이다. 그것은 오랜 '아버지와의 싸움에서 나왔다.' 그러나 '그 장점을 쓰려면 그것이 나온 오염된 원천' 즉 아버지에게서 자신을 분리해 내야만 하는 것이다. 어떻게 분리할 것인가. 그것은 아버지에 대한 '분노'를 버림으로써 가능하다. 그렇다는 것을 인식해도 패트릭은 자기가 그러지 못하리란 것을 안다.

너그러워지려는 패트릭의 모든 시도는 숨 막히는 듯한 분노에 부딪쳤다. (…) 어쩌면 아버지가 파괴를 시도한 다른 누구의 삶보다 그런 아버지의 삶이 더 힘들었을 거라는 생각에 만족해야 할지 모른다. (189쪽)

한편 패트릭은 조니에게 중대한 고백을 할 때 '어떤 말로 그이야기를 할 수 있을까?' 하고 자문한다. '그는 평생 이 깊은 무언의 상태에서 주의를 돌리려고 말을 했다. 이 형언할 수 없는 감정. 그는 이것을 말로 나타내야 할 것이다. 어떻게 하면 시끄럽고 요령 없이 말하는 것을 피할 수 있을까?'(112쪽) 패트릭의 생각은 시인 T. S. 엘리엇의 「사중주」(1943)를 가리킨다(세인트 오빈은 고등학교 졸업반 때 이 시를 배웠다고 어느 인터뷰에서 언급한 바 있다).

말을 쓰는 법을 배우려고 노력한 20년은
대부분 낭비되었고, 모든 시도는

완전히 새로운 시작, 다른 종류의 실패였으니

더 이상 말하지 말아야 할 것 또는

더 이상 말하고 싶지 않은 것을 위하여

말을 이기는 법만 배웠기 때문이다.

따라서 모든 모험적 시도는

새로운 시작이며, 불명료한 느낌,

훈련되지 않은 분대 같은 감정의

전반적 혼란 속에 늘 저하되는 낡은 장비로

분명히 표현할 수 없는 것을 습격하는 일이다.

'분명히 표현할 수 없는 것을 습격하는 일.' 세인트 오빈의 다툼은 바로 그 '습격'에 있다. 실제의 경험을, 말로는 형언하기 힘든 그 기억을 습격하는 데 있다. 그럴 때 언어를 동원하는 능력은 훈련되지 않은 분대를 동원하여 적진을 습격하는 것과 같다. 비록 하루에 일어난 일을 다루기는 해도, 경험을 말하되 진부하지 않게, 신문 기사처럼 말하지 않고, 문학성을 갖춘 야심 찬 작품으로 승화시키려는 그의 시도가 압축적이고 짧은 작품이 되는 것은 필연이었을 것이다.

세인트 오빈은 실제로 마거릿 공주를 만난 일이 있다. 마거릿 공주는 엘리자베스 여왕의 여동생이다. 등장인물들의 상당수는 실재하는 인물 그 자체이거나 여러 실제 인물들의 조합이기도 하다.

다양하고 짤막한 '파티 장면들'을 뒤로하고, 그리고 앤 아이 즌과 나눈 뜻깊은 대화를 뒤로하고 고풍스런 대저택을 나와 무 언가에 이끌려 호숫가로 걸어간 패트릭은 그곳에서 백조를 목 격한다.

백조의 요란한 날갯짓 소리는 흰 장갑을 끼고 치는 박수처럼 소록 소록 내리는 눈에 덮여 둔하게 들렸다.

거친 놈들, 패트릭은 생각했다.

그의 생각에 무관심한 백조들은 눈으로 새로워진 눈밭에 소리를 죽 이고 날아가다 기슭 위에서 빙 곡선을 그리며 돌아가 물갈퀴 발을 펴 고 자신만만하게 물에 내려앉았다. (220~221쪽)

여기서 백조는 W. B. 예이츠의 시 「레다와 백조」(1925)의 백 조를 가리킨다. 이 시는 물론 그리스 신화에 대한 것으로 제우 스가 백조의 모습을 하고 레다라는 처녀를 강간하고, 레다는 헬 레네를 낳고, 헬레네는 트로이 전쟁의 원인이 되고 그리스 문명 의 종말을 부르고 새 시대를 연다. 이 시의 마지막 연에서 예이 츠는 이렇게 노래한다.

그렇게 매달려

그렇게 공중의 잔인한 피에 지배되었을 때

그 무관심한 부리가 그녀를 놓아 떨어뜨리기 전에

그녀는 그의 힘으로 그의 지식을 입었을까

그 '지식'은 트로이와 관련하여 앞으로 일어날 일에 관한 것인지 확실하지 않다. 세인트 오빈이 과연 이 시를 염두에 두고 백조의 인유를 의도한 것이라면 패트릭과 그의 아버지의 관계, 그 잔인함과 그것이 훗날 미치는 영향에 대해 함께 생각해 보는 것도 유익할 것이다.

그렇다면 끝으로 '일말의 희망'은 어디에 있는가. 그것은 '새 시대', '넓은 기슭의 정경'(221쪽)에서 엿볼 수 있지 않을까.

2018년 7월

공진호

패트릭 멜로즈 소설 5부작

PATRICK MELROSE NOVELS

일말의 희망

초판 1쇄 펴낸날 2018년 7월 31일

지은이 에드워드 세인트 오빈
옮긴이 공진호
펴낸이 김영정

펴낸곳 (주)현대문학
등록번호 제1-452호
주소 06532 서울시 서초구 신반포로 321(잠원동, 미래엔)
전화 02-2017-0280
팩스 02-516-5433
홈페이지 www.hdmh.co.kr

ⓒ 2018, 현대문학

ISBN 978-89-7275-886-0 04840
ISBN 978-89-7275-883-9(세트)

* 책값은 뒤표지에 있습니다.